GUSTAVE CLAUDIN

# LES CAPRICES

# DE DIOMÈDE

PARIS

G. CHARPENTIER, ÉDITEUR

13, RUE DE GRENELLE-SAINT-GERMAIN, 13

1878

# PETITE BIBLIOTHÈQUE-CHARPENTIER
## FORMAT PETIT IN-32 DE POCHE
### Chaque volume est orné d'eaux-fortes par les premiers artistes

## ALFRED DE MUSSET

**PREMIÈRES POÉSIES**, avec un portrait de l'auteur gravé à l'eau-forte par M. Waltner, d'après le médaillon de David d'Angers, et une eau-forte d'après Bida, par M. Lalauze.................................................................. 1 vol.

**LA CONFESSION D'UN ENFANT DU SIÈCLE**, avec un portrait de l'auteur dessiné à la sanguine par Eugène Lami, fac-simile par M. Legenisel, et une eau-forte d'après Bida, par M. Lalauze.................................................................. 1 vol.

**POÉSIES NOUVELLES**, avec un portrait de l'auteur, réduction de l'eau-forte de Léopold Flameng, d'après le tableau de Landelle, et une eau-forte de M. Lalauze, d'après Bida.................................................................. 1 vol.

**COMÉDIES ET PROVERBES**, tome I, avec un portrait de l'auteur gravé par M. Alphonse Leroy, d'après la lithographie de Gavarni, et une eau-forte de M. Lalauze, d'après Bida.................................................................. 1 vol.

— Tome II, avec un portrait de l'auteur gravé par M. Alphonse Lamothe, d'après le buste de Mezzara, une eau-forte de M. Lalauze, d'après Bida et une eau-forte de M. Abot, représentant le tombeau d'Alfred de Musset.................................................................. 1 vol.

— Tome III, avec un portrait de l'auteur gravé par M. Monziès, copie d'une photographie d'après nature, et une eau-forte de M. Lalauze, d'après Bida.................................................................. 1 vol.

**CONTES ET NOUVELLES**, avec un portrait de l'auteur gravé par M. Waltner, d'après une aquarelle d'Eugène Lami, faite spécialement pour ce volume, et deux eaux-fortes de M. Lalauze, d'après Bida.................................................................. 1 vol.

## PROSPER MÉRIMÉE

**COLOMBA**, avec deux dessins de M. J. Worms, gravés à l'eau-forte par M. Champollion.................................................................. 1 vol.

## ALPHONSE DAUDET

**CONTES CHOISIS**, avec deux eaux fortes de M. Edmond Morin.................... 1 vol.

## JULES SANDEAU

**LE DOCTEUR HERBEAU**, avec deux dessins de M. Bastien-Lepage, gravés à l'eau-forte par M. Champollion.................................................................. 1 vol.

## THÉOPHILE GAUTIER

**MADEMOISELLE DE MAUPIN**, avec quatre dessins de M. Eugène Giraud, gravés à l'eau-forte par M. Champollion.................................................................. 2 vol.

Prix du volume, broché.................................................................. 4 »
Reliure en cuir de Russie ou maroquin.
— coins, tête dorée.................................................................. 7 »
— 1/2 veau, tranches rouges ou tranches dorées.................................................................. 6 50

Paris. — Imp. E. Capiomont et V. Renault, rue des Poitevins, 6.

LES CAPRICES

# DE DIOMÈDE

OUVRAGE DU MÊME AUTEUR

PUBLIÉ DANS LA BIBLIOTHÈQUE-CHARPENTIER

À 3 fr. 50 le volume.

# TROIS ROSES

## DANS LA RUE VIVIENNE

2e ÉDITION. — 1 VOLUME.

PARIS — IMPRIMERIE A. POUGIN, 13, QUAI VOLTAIRE

# GUSTAVE CLAUDIN

## LES CAPRICES

## DE DIOMÈDE

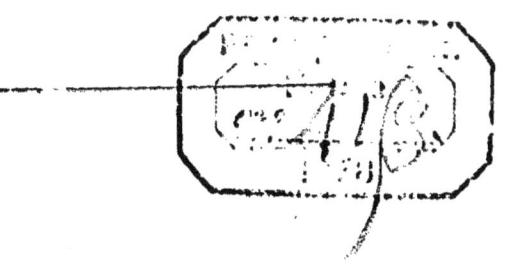

**PARIS**

G. CHARPENTIER, ÉDITEUR

13, RUE DE GRENELLE-SAINT-GERMAIN, 13

1878

# LES

# CAPRICES DE DIOMÈDE

## PREMIÈRE PARTIE

La ville d'Alençon a toujours été très-fière d'être le chef-lieu du département de l'Orne. Ceux qui ne la connaissent pas lui accordent un certain prestige, quand ils lisent dans le *Guide du voyageur* qu'elle possède une église gothique, les ruines encore imposantes du château de ses anciens ducs, puis quelques autres antiquités d'une moindre importance.

Mais s'ils s'avisent d'y aller, dès leur premier pas, ce prestige disparaît. Alençon est, après Vannes, la ville la plus lugubre et la plus mélancolique de France. Choisissez le voyageur le plus

1

gai, le plus sans souci et le moins difficile, con-
duisez-le dans ce chef-lieu de l'Orne, et le surlendemain de son arrivée, vous le verrez en proie
à la tristesse la plus noire, à des accès de spleen
violents à ce point de le porter au suicide. Il faut,
pour vivre dans cette cité monotone, y être né
ou y avoir été amené tout petit. Ceux-là seuls
échappent au désespoir dont se sentiraient atteints
tous les autres.

L'aspect de la ville est tout ce qu'il y a de
plus banal. On ne rencontre que des perspectives
qu'on a déjà vues cent fois. Cette grande rue, ce
coin de rue, cette auberge, sont les copies sans
variantes de ce qui existe partout. En fait d'ensei-
gnes, Alençon en est encore *Au Grand-Cerf* et
*Aux Trois-Monarques.* On avait cru que le chemin de fer arrachant la ville à sa somnolence et
à sa stagnation, modifierait un peu sa physionomie. Il n'en a rien été. Elle est restée fidèle à
ses vieilles habitudes, et n'ayant rien demandé à
Paris, n'en a rien reçu. L'idée n'est même
jamais venue à un de ses enfants de tenter, dans
le comptoir ou le magasin qu'il occupe, quoi que
ce soit imitant, ne fût-ce que de loin, ce qu'on
fait à Paris. *Alençon je suis* doit être la devise
de cette cité soporifique, qui a ses passions, mais

qui les cache. J'ai lu les descriptions désolantes qu'ont faites de leur captivité les prisonniers de la Sibérie. Cette claustration est enviable et folâtre, comparée à ce qu'est la liberté à Alençon, en novembre, quand il pleut.

Si vous avez l'idée de vous promener dans la campagne, vous tombez alors de Charybde en Scylla. Cette campagne manque de charme. Les arbres sont mal plantés et grimacent à l'horizon ; les collines sont, comme on dit en blason, mal ordonnées, et ressemblent à des amoncellements de terre déposés là provisoirement par des ouvriers qui creusent une mine. Il y a des villes qui sont réputées mollement couchées au pied d'une montagne. Alençon n'est point logé à cette enseigne. Ce chef-lieu semble être, après un cataclysme, tombé lourdement et sans grâce à la place qu'il occupe. Il y a des soirs où la nature elle-même rate ses couchers de soleil. Tout porte à croire que, quand elle fit sortir Alençon et ses alentours du chaos, elle était distraite, mal inspirée et de mauvaise humeur, ou que cette puissante capricieuse a dit à ce petit coin de terre : *Je veux que tu sois laid.* Il est impossible d'expliquer autrement la banalité de ce paysage. On a chanté les rives du Tage, les bords fleuris de la

Seine, le Danube bleu, le Rhin avec sa robe verte. Jamais la Sarthe ou la Briante ne pourront inspirer un poëte. Virgile lui-même se serait enfui, scandalisé par cet horrible échantillon de la nature.

Or, vers l'époque des vacances, de bons et excellents bourgeois de la ville d'Alençon étaient réunis au cercle du commerce et de l'industrie. Ce cercle était un endroit délicieux qui comptait parmi ses membres les plus beaux parleurs de l'endroit. Les marchands de bois, les filateurs, les marchands de grains, les merciers et les rentiers se retrouvaient là tous les soirs et discutaient de toute chose à perte de vue, sur un ton qu'on est trop souvent exposé à entendre, et qui porte à penser que bien souvent la parole des hommes ne doit pas plus compter que les bêlements d'un mouton.

On voyait déployés dans la salle de lecture le *Moniteur universel* et l'*Union*, le *Journal des Débats* et le *XIXᵉ Siècle*, la *Revue de France* et le *Charivari*, la *Gazette de France* et le *Siècle*, le *Monde illustré* puis le *Constitutionnel*, dont la bande n'était jamais brisée. Décrire les désordres, les ravages et les hérésies qu'enfantait dans ces fortes têtes la lecture de ces opinions disoordantes, serait une tâche impossible. Aussi la discussion était toujours très-animée et menaçait souvent de dégénérer en dispute. Mais il y avait là des sages pour mettre le holà, écarter les journaux et les remplacer par des cartes. Alors se formaient les tables de whist et de piquet. Ceux qui n'aimaient point les cartes jouaient aux échecs ou aux dames, et tous oubliaient dans ces distractions jusqu'au souvenir de la dispute.

Aux paroles violentes succédaient des aménités qui n'eussent point eu de fin, si dans ce cénacle on avait eu le courage de ne point s'occuper des bruits et des cancans de la ville. Sur ce chapitre-là, chacun disait son mot plus ou moins bienveillant. Il est si doux de dire un peu de mal de son prochain !

Un soir, alors que les bonnes langues allaient leur train, un membre du cercle qui s'était attardé dans le salon de lecture, entra dans la salle des jeux un journal à la main, et demanda la permission de lire un passage de ce journal concernant la bonne ville d'Alençon. Les joueurs s'arrêtèrent pour écouter la lecture.

— Voici ce que je lis dans un journal de Paris :

« M. Albert Diomède de Villiers vient de soutenir d'une façon très-brillante, à la Sorbonne, sa thèse

1.

de docteur ès lettres, la partie latine sur ce sujet : « *De philosophica disputatione Abelardi* « *cum sancto Bernardo.* »

Et la partie française sur : « *De la tradition* « *cartésienne dans Fénelon, Malebranche et* « *Leibnitz.* »

— Ma foi, dit un des joueurs de piquet après avoir écouté cette lecture, je suis bien embarrassé pour écarter cinq cartes, mais je le serais encore bien davantage s'il me fallait soutenir la thèse de M. Diomède.

— Vous n'avez pas fait, dit un autre joueur, les études qu'il faut pour cela.

Cette réflexion sagace recueillit l'approbation de tous. On se regarda de part et d'autre d'un petit air malin qui voulait dire clairement : — Nous aussi nous soutiendrions des thèses, si nous voulions nous en donner la peine.

Cette assurance téméraire est le refuge habituel des gens nuls qui croient ainsi suppléer aux supériorités qu'ils n'ont pas.

— Ce M. Diomède, reprit un des assistants, est un enfant du pays. Il vient sans doute passer les vacances chez sa grande tante M$^{me}$ de Marande, dont il est l'unique héritier. La bonne dame lui laissera une belle fortune. C'est elle qui

possède les meilleures terres de notre arrondis-
sement.

— On le dit très-bien de sa personne, reprit
un autre joueur. Il peut être sûr, celui-là, de faire
un bon mariage.

Les réflexions de ces diseurs de riens durèrent
jusqu'à minuit.

En effet, Diomède était arrivé depuis la veille
chez Mᵐᵉ de Marande.

Il n'avait pas connu son père mort peu de temps
après sa naissance. Sa mère, Mᵐᵉ la comtesse de
Villiers, d'une beauté remarquable, aimait à l'ado-
ration son fils unique auquel elle prédisait une
brillante destinée. Elle le supposait capable d'accomplir plus tard tous les exploits. Un jour un de
ses amis, témoin de sa fascination, lui conseilla
d'appeler son enfant Diomède. A partir de cet
instant elle l'appela toujours ainsi. Le nom lui en
resta. La pauvre femme mourut peu de temps
après.

Diomède orphelin fut recueilli par Mᵐᵉ de Marande, sa grand'tante, qui le garda près d'elle
jusqu'à sa dixième année.

A ce moment il fut envoyé au collége Louis-le-Grand, où il fit toutes ses classes, et remporta le prix d'honneur de rhétorique. Chaque année il venait passer ses vacances chez sa grand'tante. Après le collége il avait suivi les cours de la Sorbonne, puis fait un voyage d'un an pour visiter l'Espagne, l'Italie, la Grèce et la Palestine. En Espagne il se signalait par quelques fredaines avec des Andalouses aux petits pieds et des Castillanes aux yeux vifs. A son retour il soutenait sa thèse de docteur. Il avait eu pour tuteur l'abbé Tiberge, grand vicaire honoraire d'un diocèse des environs, et pour répétiteur particulier, le docteur Sertorius qui l'avait accompagné dans ses voyages.

Diomède était un jeune homme plein de force et d'intelligence. Ses cheveux étaient noirs et son visage un peu basané. Il était élancé et avait fort grand air. Les études abstraites auxquelles il s'était livré n'avaient en rien altéré en lui la fougue de la jeunesse. A première vue, on l'aurait pris plutôt pour un homme de plaisir que pour un lettré. Il possédait au plus haut degré ce charme particulier qui subjugue les femmes. Son regard avait on ne sait quoi de fatal et d'irrésistible. On pressentait en le voyant qu'il était né pour les aventures, et non pour suivre les sentiers ordinaires et prosaïques de la vie.

A tous ces avantages il ajoutait un excellent caractère. Il était bon, généreux, modeste, et toujours prêt à défendre le faible. Il avait conscience de ses supériorités, mais il n'en tirait point vanité, et ne prétendait pas surtout à plus d'expérience que n'en comporte son âge. Tel était Diomède à son entrée dans la vie, alors qu'il allait connaître, comme on dit, la haine ou la faveur des hommes.

M<sup>me</sup> de Marande, sa grand' tante, âgée d'environ soixante-dix ans, était la veuve d'un magistrat, mort depuis très-longtemps. Elle n'avait jamais eu d'enfant, et n'en avait conçu aucun regret. D'une nature maladive, dolente et faible, elle se laissait vivre, et n'avait qu'un seul désir, celui de se faire ignorer. Elle avait recueilli son petit neveu, beaucoup plus par devoir que par tendresse, et n'avait jamais eu pour lui qu'un fort tiède attachement, cette bonne dame faisant tout par convenance, sans jamais se départir d'une froideur qui excluait tout enthousiasme et tout dévouement.

Elle possédait deux cent mille livres de rentes en terre, et malgré cela n'affichait aucun luxe. Elle

était l'été dans son château situé à Saint-Paterne
à peu de distance d'Alençon, et après la récolte
des fruits, elle rentrait à sa maison de ville pour
y passer l'hiver. Elle était entourée de quatre vieux
serviteurs têtus, égoïstes et paresseux. Bien que
fort peu exigeante, jamais ces serviteurs n'étaient
à ses ordres. Si elle voulait se promener en voiture, le cocher objectait que ses chevaux étaient
malades. M^me de Marande n'insistait pas, et restait
chez elle, se gardant bien de rien demander aux
trois autres qui avaient des impossibilités toutes
prêtes à lui opposer. Personne dans sa maison
n'était là pour remettre tous ces gens à leur
place. Une fois par semaine elle recevait les notables de la ville et les nobles des alentours.

M^me de Marande était très-religieuse, et surtout
très-charitable. Elle avait un confesseur exigeant
et sévère qui n'était autre que M. l'abbé Tibergé,
lequel en sa qualité de tuteur de Diomède avait
dû être initié à tous les secrets de famille. C'était
un honnête homme qui avait administré en excellent père de famille la fortune de son pupille
évaluée à huit mille livres de rentes. L'abbé Tibergé
avait ce tort de considérer la maison de M^me de
Marande comme la sienne. Sous le prétexte de
guider sa conscience et de veiller au salut de son

âme, il avait conquis sur elle une influence absolue. Rien ne se faisait sans qu'il eût été préalablement consulté. Après avoir été un confesseur, il n'avait pas craint de déroger, et de devenir presque un intendant. Peu à peu il en était arrivé à se mêler de ce qui ne le regardait pas. Mais il se savait à l'abri de tout blâme, par cette excellente raison qu'il tenait dans sa domination celle qui seule aurait eu le droit de lui en adresser un.

L'abbé Tiberge était un théologien distingué, ultramontain fougueux, et adversaire implacable de toutes les idées modernes. Le nom seul d'un libre penseur l'exaspérait. Il avait ce tort irrémissible de parler sans cesse de la colère de Dieu, et de ne jamais rien dire de sa clémence. Pour se justifier du ton sévère qu'il n'abandonnait jamais, il rappelait que, vivant dans un temps où l'on attaquait l'Église, le devoir de tout prêtre était de la défendre, de revendiquer ses droits méconnus et d'être militant. L'abbé n'y manquait pas, et comme il parlait avec une facilité merveilleuse, il ne laissait passer aucune occasion de prouver son zèle. Il était élégant de sa personne, portait des douillettes doublées de soie capitonnée et des souliers d'abbé galant, moins le talon

rouge. A un des doigts de sa main droite bril-
lait un diamant magnifique que le cardinal Anto-
nelli lui avait donné, alors qu'il lui avait apporté
à Rome un versement pour le denier de saint
Pierre.

Diomède tout fier de son succès arrivait joyeux
chez sa tante. Il la pressa sur son cœur et l'embrassa avec effusion. M^me de Marande se montra
très-touchée de son émotion, et l'embrassa plusieurs fois, puis le félicita, et l'appela sur un ton
d'ironie aimable son jeune et savant docteur.
Diomède lui prit les mains et les serra fortement,
espérant provoquer ainsi une explosion de tendresse qui eût mis le comble à son bonheur.

Hélas! le pauvre garçon demandait à sa grand'-
tante plus qu'elle ne pouvait lui donner. L'ex-
pansion ne vint pas, et lui qui rêvait des caresses
maternelles ne put obtenir qu'un peu de sympathie.

Il embrassa ensuite l'abbé, et le remercia d'une
façon très-cordiale des services qu'il lui avait
rendus comme tuteur.

L'abbé sourit et le complimenta de ses succès
académiques.

— Mon enfant, lui dit-il, on vous a appris à
penser. Tâchez de bien penser.

Comme il était tard, M<sup>me</sup> de Marande se retira après avoir embrassé Diomède. Avant d'entrer dans sa chambre elle lui dit :

— Je vais me reposer. Tu es chez toi, ta chambre est prête. Mes domestiques sont à tes ordres. Je souhaite qu'ils t'obéissent. Bonsoir, mon enfant, c'est demain mon jour de réception, voilà pourquoi je te quitte de si bonne heure.

L'abbé de son côté disparut, et Diomède resté seul monta dans sa chambre.

Mille réflexions traversèrent confusément son cerveau. La froideur de sa tante le préoccupait surtout. Il s'endormit.

Le lendemain il se leva de grand matin, et se promena dans le jardin. L'abbé qui n'habitait pas dans la maison n'était point là. Il profita de son absence pour causer avec sa tante et lui faire part de ses projets.

Il entra dans sa chambre pour assister à son petit lever, et la combla de prévenances et d'attentions.

— Je ne suis plus, ma bonne tante, un écolier qui vient passer son mois de vacances chez vous pour s'en retourner ensuite à son collége. Désormais, je suis libre et je pourrai rester sinon

2

chez vous, du moins près de vous à Alençon, si
cela vous était agréable.

— Mais pourquoi entrer dans ces détails, lui
dit sa tante avec une légère marque d'impatience? Tu es à peine arrivé et déjà tu songes à
des projets d'avenir. J'ai le plus grand plaisir à
te voir. Nous avons bien le temps de penser à
toutes ces choses-là. Tu possèdes d'ailleurs une
petite fortune qui te rend indépendant.

— Mais, ma chère tante, vous ne me comprenez pas. Mon désir unique est de vous plaire et
de rester près de vous, si vous le désirez, ou de
vivre séparé, si vous le préférez. Je vous répète
que ne venant plus en vacances, mon séjour
peut être prolongé. Il pourrait être indéfini. Je
ne voudrais point former des projets qui n'eussent pas votre entière approbation.

— Nous verrons cela plus tard, reprit M<sup>me</sup> de
Marande.

Diomède ne put, dans cette première entrevue,
obtenir de réponse plus précise, et l'on pourrait
ajouter plus franche, de cette créature faible,
dolente, déjà affaiblie par l'âge, et trop résignée,
ainsi qu'on va le voir, à subir le joug de ceux
qui l'entouraient.

Il ne crut pas devoir insister pour cette fois,

mais se promit bien de revenir à la charge, afin d'être exactement fixé sur les intentions de sa tante à son égard.

On conçoit tout ce qu'il y avait de faux dans sa position. Partout, on supposait qu'il devait hériter de la grande fortune de sa parente et qu'il n'avait point à se préoccuper de l'avenir. On disait et on répétait cela dans le monde, qui est toujours d'autant plus affirmatif qu'il est plus ignorant; mais rien, ni dans les paroles ni dans les attitudes de M<sup>me</sup> de Marande, ne lui permettait de croire que telle fût son intention bien arrêtée. En revenant près d'elle, il était résolu à sortir de cette incertitude. La cupidité n'était pour rien dans son désir. Il connaissait assez de droit pour savoir qu'un petit-neveu n'est pas un héritier à réserve. Sa nature généreuse et désintéressée lui permettait de considérer avec calme les éventualités de l'avenir et d'admettre sans le moindre regret que sa tante divisât sa fortune, ou même ne lui en laissât rien.

Voilà pourquoi, sans brusquer les choses, sans recourir à des interrogations indiscrètes et inopportunes, il cherchait le moyen de savoir à quoi s'en tenir, afin de pouvoir répondre à ceux qui

allaient le questionner si on devait voir en lui
un futur millionnaire, ou un petit cadet de
famille réduit à quelques mille livres de rente.
Hélas! des incidents qu'il n'avait ni prévus ni
préparés apportèrent trop tôt la réponse.

C'était, comme on l'a dit, le jour de réception
de M<sup>me</sup> de Marande. Elle avait chaque semaine
quinze convives à dîner, comprenant ses amis,
son médecin, son notaire et son confesseur, qui
occupait toujours à table la place d'honneur en
face d'elle.

M<sup>me</sup> de Marande se faisait belle pour fêter ses
invités. Sa femme de chambre lui apportait une
robe de soie à grands ramages, une collerette
et un bonnet tout garni de magnifique point
d'Alençon qui n'eût pas déparé la toilette d'une
infante.

Diomède était assis près d'elle dans le salon
pour recevoir les arrivants. On vit d'abord entrer
le médecin, puis le notaire. Ce fut ensuite le
tour d'une jeune femme fort jolie, vêtue d'une
robe décolletée qui laissait voir de très-char-
mantes épaules. Aussitôt après, une autre femme
non moins gracieuse et non moins décolletée
entra dans le salon et vint offrir ses hommages
à M<sup>me</sup> de Marande.

Le notaire et le médecin que l'aspect de ce spectacle mettait en belle humeur, se parlèrent bas à l'oreille. Ils riaient d'avance de ce qu'allait penser M. l'abbé Tiberge de ce luxe de toilette.

A peine avaient-ils terminé leur aparté qu'un domestique annonça M. l'abbé Tiberge.

Alors les deux dames décolletées s'émurent, et devinrent toutes rouges.

Diomède, qui les connaissait depuis longtemps, s'approcha d'elles, et leur demanda ce qui les préoccupait ainsi.

—Vos domestiques, dit l'une d'elles, sont insupportables, nous ne nous sommes décolletées que parce qu'ils nous avaient affirmé que M. l'abbé, mandé par son évêque, n'assisterait point à ce dîner. Nous allons le scandaliser, ce qui nous importerait peu, mais ce qui est plus grave, nous allons mécontenter votre respectable tante.

—Ne craignez rien, reprit Diomède, j'arrangerai tout cela, et je vous garantis que ma tante ne dira rien. Quant à l'abbé, il en prendra son parti. Tant pis pour lui s'il se laisse chasser par les épaules. Dans les grandes villes, les archevêques ne font point attention à ces choses-là. Pourquoi se montrerait-il plus intolérant que ses supérieurs?

2.

On vint annoncer que le diner était servi. Mᵐᵉ de Marande, appuyée sur le bras de son médecin, passa dans la salle à manger. Les autres convives suivirent.

Mᵐᵉ de Marande se mit à table. Ses invités occupèrent les places qui leur étaient assignées. L'abbé Tiberge remarqua avec surprise qu'il était à la droite de la maîtresse de la maison, et que la place d'honneur en face d'elle qu'il avait occupée jusque-là, avait été dévolue à Diomède. Il fit la moue, récita tout bas sa prière, et aperçut Diomède qui disait aussi son *Benedicite*.

Le diner fut assez silencieux. Mᵐᵉ de Marande, toujours indolente, parlant peu, n'était pas du tout maîtresse de maison, laissait à ses invités la liberté la plus grande, approuvait tout et ne veillait à rien. Elle s'était bien aperçue que M. l'abbé n'était pas de bonne humeur, mais elle n'en prenait aucun souci, et feignait de trouver exquises les anecdotes d'un goût douteux que racontait son notaire.

Quant aux deux belles décolletées, elles avaient eu la précaution d'appeler à leur secours des petits fichus de gaze transparente, qui ne dissimulaient rien du tout.

Au dessert, on provoqua M. l'abbé, et on

voulut le faire sortir de son mutisme. Il résista.
Alors, M^me de Marande se leva, ses convives
l'imitèrent, et on passa dans le salon pour prendre
du café.

Presque aussitôt l'abbé se retira et demanda à
M^me de Marande la permission de lui dire un
mot en particulier.

Dans un court entretien, l'abbé l'informa qu'il
était fort mécontent que M. Diomède se fût
emparé de la place d'honneur à table, puis que
d'honnêtes mères de famille osassent porter,
quand il était là, des toilettes aussi indécentes.

M^me de Marande s'inclina et dit à l'abbé qu'il
avait raison. Elle revint au salon s'asseoir dans
son grand fauteuil, et pria ses invités de se bien
divertir.

Vers neuf heures, d'autres personnes arrivèrent. Les notables d'Alençon mêlés aux nobles
des alentours remplirent les salons.

Diomède leur en fit les honneurs avec une
grâce et une courtoisie qui charmèrent toute
l'assistance. Les hommes le trouvaient spirituel
et les dames fort séduisant. On félicita M^me de
Marande, et à l'unanimité on proclama son petit-
neveu un jeune homme accompli.

Pendant toute la soirée, Diomède tint, comme

on dit, le dé de la conversation, marivaudant avec les dames et les demoiselles tandis que les hommes jouaient aux cartes. La conversation était très-animée. Il fallut qu'il leur rendît compte des pièces en vogue, des modes nouvelles, et des fêtes qu'elles ne connaissaient que par les journaux. Il put suffire à la tâche difficile de contenter toutes ces curiosités. Parmi les plus avides de connaître les frivolités de la capitale, il remarqua une jeune fille blonde qu'il voyait pour la première fois, et à laquelle M^{me} de Marande prodiguait ses caresses. Diomède se mit à ses ordres, et ne tarda point à remarquer que ce petit démon avait autant d'esprit que de beauté.

A Alençon on se couche de bonne heure : à onze heures tous les invités étaient partis.

Diomède resté seul avec sa tante lui demanda le nom de la jeune fille blonde avec laquelle il avait si agréablement bavardé.

— Elle s'appelle M^{lle} Palmyre Noblet. Elle est fille unique, son père est fort riche. C'est à lui que je vends mes coupes de bois.

Diomède embrassa sa tante et alla se coucher. Toute la nuit il rêva de M^{lle} Palmyre.

Mais le lendemain, à peine éveillé, il alla trou-

ver sa tante, et la pria de lui expliquer l'inqua-
lifiable tenue de l'abbé Tiberge.

Il posait à sa tante une question bien délicate
et bien embarrassante, et cette fois encore il
n'allait obtenir que des réponses vagues et confuses.

— L'abbé, lui dit M<sup>me</sup> de Marande, a été cho-
qué de te voir, au dîner, installé à sa place habi-
tuelle, puis il a blâmé ces deux jeunes femmes
d'être venues en robe décolletée.

— Mais, ma tante, il n'y a rien de grave, rien
qui justifie la mauvaise humeur qu'il a poussée
jusqu'à l'impertinence. C'est par votre ordre sans
doute qu'on m'avait assigné la place que j'occu-
pais et à laquelle je ne prétends pas.

— Je n'ai donné aucun ordre, c'est Jean, mon
domestique, qui a décidé qu'il en serait ainsi.

— Il faut gronder Jean; je ne tenais point à
cette place. Appelons-le, et demandons-lui pourquoi, sans ordre, il a agi ainsi.

Jean comparut, et d'un petit air railleur il dit
à sa maîtresse qu'après elle c'était M. Diomède
qui était le maître de la maison. Il ajouta que
la femme de chambre, de son côté, avait assuré
aux dames venues en robes décolletées que
M. l'abbé ne devait pas dîner.

— Nous avons fait tout cela, madame, parce que nous trouvons que M. l'abbé se croit un trop grand personnage et qu'il ne veut plus laisser madame être maîtresse chez elle.

Après quoi il sortit.

M<sup>me</sup> de Marande en écoutant ce propos de domestique paraissait embarrassée; après un moment de silence, elle dit à son neveu :

— Mon cher enfant, épargne-moi ces discussions désagréables; je suis faible, je suis vieille, tout cela me trouble et me rend malade. L'abbé est exigeant, excessif si tu veux, je le reconnais, mais il y a vingt-cinq ans qu'il est près de moi. Il a été ton tuteur, il est mon confesseur; je dois lui pardonner ses travers, et ne pas amoindrir son autorité. Quant à mes domestiques, je sais bien qu'ils ne font que ce qu'ils veulent, mais je ne me sens pas la force de les remettre à leur place. Qu'on me laisse en repos, voilà tout ce que je demande.

\* \*

Diomède aurait sans doute bondi en écoutant ces choses si sa tante ne lui avait pas proposé de venir avec elle à son château, et de visiter les travaux de défrichement que M. Noblet exécutait dans un de ses bois. Il accepta avec enthousiasme cette promenade, espérant que M^{lle} Palmyre serait peut-être là avec son père.

Les amoureux ont des pressentiments qui ne les trompent jamais. A peine arrivé à ce bois qui attenait au château de sa tante, il aperçut M^{lle} Palmyre assise sur l'herbe à quelques pas de son père donnant des ordres à des bûcherons.

M. Noblet vint au devant de M^{me} de Marande, la salua très-respectueusement et la pria de constater par elle-même qu'il exécutait ponctuellement ses ordres.

Les deux jeunes gens restèrent seuls. Diomède chargea un des domestiques de s'en aller dans le jardin du château et de faire préparer un énorme bouquet. Pendant ce temps-là il demeura en contemplation devant l'adorable petite personne qui lui était confiée.

M^{lle} Palmyre était belle comme on l'est à dix-sept ans, blanche comme la neige et blonde comme le feuillage des saules. Elle paraissait heureuse de vivre et de se consoler un peu des sévérités du couvent où elle avait été enfermée pendant dix ans, et où on lui avait appris à ignorer tout ce qu'une jeune fille ne doit point savoir. Son père était un homme rude, à peine dégrossi, qui avait passé sa vie avec des ouvriers au fond des mines ou au milieu des forêts. Il aimait sans doute sa fille, mais il heurtait à chaque instant sa délicatesse et sa distinction, par ses reparties brutales.

Quand le bouquet fut prêt, Diomède l'offrit à M<sup>lle</sup> Palmyre qui le remercia avec un sourire gracieux. En cet instant il y eut entre ces deux êtres un cliquetis de regard dont le contre-coup alla jusqu'à leur cœur. Sans se rien dire, sans même se presser la main, ils tressaillirent tous les deux, éprouvèrent le même trouble charmant, et en sortirent passionnément amoureux.

Lorsque M<sup>me</sup> de Marande et M. Noblet revinrent, ces deux adolescents étaient fiancés et n'allaient plus désormais vivre que l'un pour l'autre.

Comme il était un peu tard et que la journée des ouvriers finissait, M<sup>me</sup> de Marande proposa à M. Noblet et à sa fille de monter dans le grand landau découvert qui l'avait amenée, et de retourner tous ensemble à Alençon. Cette offre fut acceptée.

Diomède était ravi. Il prit place dans la voiture à côté de M<sup>lle</sup> Palmyre, et ne la quitta point des yeux.

L'équipage traversa la grande rue d'Alençon
et défila devant les habitants groupés sur le pas
de leur porte. Les commères, car Alençon n'est
pas exempt de cette engeance, voyant M. Diomède près de M^lle Noblet, firent toute sorte de
suppositions. Le soir, au cercle du commerce et
de l'industrie, on bavarda longtemps sur ce sujet.

Ce qui s'était passé au dîner de M^me de Marande
n'était d'ailleurs plus un secret pour personne.
La ville entière connaissait l'indignation qu'avait
manifestée l'abbé Tiberge de n'avoir plus occupé
à table la place d'honneur; on savait également
qu'il avait vertement blâmé les deux dames
décolletées. On riait un peu de l'aventure, car
l'abbé n'était pas très-aimé. On lui reprochait le
rôle qu'il jouait dans la maison de M^me de
Marande, et on croyait que la présence du petit
neveu allait mettre ordre à tout cela.

Qui avait colporté toutes ces petites nouvelles?
Personne et tout le monde : toujours est-il
qu'on connaissait l'aventure dans ses moindres
détails. Les indiscrétions de ce genre sont la vie
des petites villes. En province les maisons sont
de verre. Deux mois après, le bruit courait dans
la ville que M. Diomède, richement doté par sa
tante, allait épouser M^lle Palmyre Noblet.

3

Diomède seul ignorait ces bruits et soupirait en silence. M<sup>lle</sup> Palmyre, de son côté, était devenue rêveuse, et attendait avec impatience que le prince Charmant, qu'elle avait rencontré, vînt demander sa main. Il va sans dire qu'elle n'avait confié son amour à personne, pas même à son père.

Ce fut par la rumeur publique que l'abbé Tiberge apprit, quelques mois après, cette nouvelle qui le plongea dans une vive inquiétude. Son premier soin fut de se rendre auprès de M<sup>me</sup> de Marande, et de lui demander ce qu'il y avait de vrai dans ce qu'on affirmait partout.

M<sup>me</sup> de Marande ne se doutait de rien, et parut fort surprise de ce que l'abbé lui apprenait. Elle se borna à lui répondre que Diomède était majeur, maître de sa fortune, et qu'il pouvait se marier sans avoir à lui demander son consentement. Elle ajouta qu'elle trouvait M<sup>lle</sup> Noblet fort jolie, très-bien élevée et fort capable d'inspirer de l'amour.

En cet instant Diomède entra.

— Tu ne sais pas, lui dit sa tante, ce que M. l'abbé vient de m'apprendre?

— Je l'ignore absolument, et je serais charmé de le savoir.

— Il prétend que tu es amoureux de M<sup>lle</sup> Palmyre et que tu voudrais bien l'épouser. Est-
ce vrai?

Diomède frémit en écoutant ces paroles, et ne
comprit pas comment on était parvenu à connaître un secret qu'il cachait au fond de son
cœur. Il se sentait comme pris au piége et victime d'un guet-à-pens.

Il fit sans hésiter l'aveu de son amour et dit
que son désir le plus ardent serait de devenir
l'époux de M<sup>lle</sup> Palmyre.

— Je crois, ma chère tante, que M<sup>lle</sup> Palmyre
n'a point d'aversion pour moi. Nos cœurs sont
d'accord. Puissent les grands parents s'accorder
comme nos cœurs!

— Qu'entendez-vous par là, reprit l'abbé?

— Ma tante doit me comprendre et cela me
suffit.

— Ce n'est point là une réponse, reprit l'abbé.
Osez donc dire toute votre pensée. Vous supposez
que M. Noblet doit aimer l'argent, et vous voulez
nous donner à entendre qu'il n'hésiterait point
à vous accorder la main de sa fille si, au peu que
vous possédez, vous pouviez lui assurer qu'un jour
vous ajouteriez tout ou partie de la belle fortune de votre tante. Vous calculez très-bien, et

vous savez parer votre cupidité de tous les prestiges du désintéressement.

—Pardon, monsieur l'abbé, interrompit Diomède
avec vivacité, vous avez été mon tuteur, je ne l'oublie
pas; vous portez une robe devant laquelle je m'incline avec respect, je ne l'oublierai pas davantage, mais sans manquer en rien à la déférence
que je vous dois, je prendrai la liberté de vous
faire observer que je suis un homme et non plus
un mineur, que je débats en ce moment une
question de famille très-délicate avec ma tante,
et qu'au nom de ces deux considérations, vous
devriez vous abstenir d'intervenir comme vous le
faites. Ma tante m'interroge, je lui réponds avec
franchise, et je me garde bien de faire la moindre allusion à sa fortune. Je n'entends exercer
aucune pression sur son libre arbitre, et j'avoue
que je serais bien charmé si tout le monde imi-
tait mon exemple. Vous m'avez, je crois, bien
compris; l'entretien doit en rester là. Je ne veux
plus désormais parler de ce projet qu'avec ma
tante toute seule. Vous m'avez rendu votre compte
de tutelle, nous n'avons plus rien à démêler
ensemble.

Cette sortie de Diomède embarrassa beaucoup
M^{me} de Marande, qui, cette fois comme toujours,

n'osa se prononcer. Elle pria l'abbé et son neveu de ne pas insister davantage

L'abbé sortit furieux. Diomède resta près de sa tante. Un instant il crut que débarrassée de l'abbé elle allait parler ; il n'en fut rien, elle se réfugia dans sa chambre. Hélas ! s'il avait pu lire dans le cœur de cette respectable femme, il aurait découvert qu'elle n'était plus en possession d'elle-même depuis longtemps !

Mais avec cette superbe indifférence des amoureux qui vaudra toujours mieux que le machiavélisme des intrigants, il pensa à sa belle, et bercé par son image qu'il avait sans cesse devant les yeux, tomba dans une douce extase qui lui valut toutes les béatitudes du paradis.

L'abbé, au contraire, tout à ses intrigues, s'enferma dans son cabinet de travail pour dresser ses batteries et en arriver à ses fins. Il savait bien qu'il était en possession complète de la volonté et des résolutions de M^me de Marande, mais il ne se dissimulait pas que l'arrivée de Diomède pouvait tout changer. Pour lui c'était un adversaire avec lequel il y avait à compter. Il le trouvait d'autant plus redoutable qu'entrant dans la vie il était sans passé, et partant sans tort et sans reproche. Il y a une logique du mal comme

3.

il y a une logique du bien. Il fallait absolument
perdre Diomède, et prouver à sa tante qu'il était
indigne de recueillir sa grande fortune, parce
qu'une nature ardente et absolue comme la sienne
ne pourrait en faire qu'un mauvais usage. Il
avait un instant songé à le circonvenir, mais avec
un flair qui ne le trompait jamais, il jugea qu'il
n'y avait rien à faire de ce côté. Il importait donc
d'attaquer en face cet adversaire qui allait tenir
en échec et peut-être faire échouer ses sourdes
machinations, s'il ne l'arrêtait dès le début.
L'abbé Tiberge n'était point embarrassé pour si
peu. S'il en est qui, avec quatre lignes de l'écri-
ture d'un homme, peuvent le faire pendre, lui,
plus perfide, ne demandait pour cela que des paroles. Or, ces paroles il les avait entendues. Diomède
était un libre penseur qui parlait irrévérencieu-
sement de Bossuet. C'était là, selon lui, un sacri-
lége permettant d'être sans pitié pour celui qui
l'avait commis et justifiant toutes les persécutions.

Comment et pourquoi l'abbé Tiberge en était-il
arrivé à convoiter la fortune de Mᵐᵉ de Marande ?
Pour répondre à cette question, il faudrait savoir
de quelle façon les idées naissent et se dévelop-
pent dans le cerveau. L'abbé pouvait avoir été
animé des meilleures intentions lorsqu'il devint

le confesseur de M^me de Marande. La voyant presque toujours seule, constatant que par indifférence native cette solitude ne l'affligeait pas, il en avait conclu qu'elle appartenait à cette catégorie d'égoïstes inoffensifs qui peuvent se passer de famille. Son premier mouvement pouvait avoir été de réprouver cette indifférence d'une âme qui se confiait à lui ; mais il avait constaté que M^me de Marande n'oubliait après tout qu'un petit neveu, c'est-à-dire un de ces parents éloignés qu'on peut, sans être taxé d'ingratitude, priver d'un héritage. Il trouva là comme une sorte de circonstance atténuante s'opposant à ce qu'on accusât cette bonne dame de manquer de tendresse. Alors aiguillonné par ce désir de domination qu'on rencontre si souvent chez le prêtre, tenté, encouragé par le hasard qui livrait à son influence spirituelle et à son autorité un être indolent, isolé et déjà affaibli par l'âge, il n'avait pu résister à la tentation d'enchaîner cette volonté et de procéder par captation. Diomède seul pouvant le faire échouer au port, devait être brisé. Il lui avait pris sa place à table, qui sait s'il ne le chasserait pas ensuite de la maison ?

L'abbé Tiberge jugea qu'il devait avant tout parer au danger présent. Or, ce danger résultait

du projet qu'avait formé Diomède d'épouser
M<sup>lle</sup> Palmyre Noblet. Le neveu trouvait là un prétexte de faire appel à la générosité de sa tante,
et de la mettre en demeure de décider si oui ou
non il serait l'héritier de la totalité ou encore
d'une partie de sa fortune. Il s'agissait donc pour
l'écarter tout à fait de trouver un autre mari à
M<sup>lle</sup> Noblet.

Sans plus tarder, l'abbé Tiberge partit pour
Séez, et de là se rendit dans un château des
environs où languissait, près d'un père noble et
riche, un pauvre garçon encore jeune, qui avait
perdu la plupart de ses agréments personnels et
une partie de sa raison en quelques années
passées à Paris. Depuis longtemps son père
demandait à l'abbé de lui découvrir une jeune fille
riche et bien élevée, pour en faire une comtesse
et l'installer dans un beau château.

Cet excellent père de famille se nommait M. le
comte de Langeais. Il était de fort bonne maison.
Dans une des salles de son château étaient
appendus les portraits des Langeais massacrés
aux croisades.

En voyant arriver l'abbé Tiberge, son premier
mot fut: Avez-vous trouvé une femme pour mon
fils?

— C'est précisément pour cela que je viens vous voir, monsieur le comte. Je puis vous signaler une personne accomplie et digne en tout point d'entrer dans votre famille. Elle est fille unique d'un brave homme qui a trouvé le moyen d'amasser des millions. S'il vous convenait de donner suite à ce projet, je ferais agir près du père certaines personnes qui ont beaucoup d'influence sur lui. Il se nomme M. Noblet. Sa fille s'appelle M<sup>lle</sup> Palmyre. Ils habitent une fort belle maison à Alençon. Ils possèdent aussi un hôtel à Paris et un petit manoir dans les environs de Lisieux. Je dois vous prévenir que la main de M<sup>lle</sup> Palmyre est beaucoup demandée. Il s'agirait donc d'entrer tout de suite en relations avec le père. Je ne puis, moi, à cause de ma situation à Alençon, vous servir de négociateur, mais je vous désignerai plusieurs de nos amis communs qui seront très-capables de mener à bien cette délicate affaire. En venant ici, mon unique but était de vous indiquer cet excellent parti, puis cela fait, de m'effacer complétement.

Le comte de Langeais, après avoir remercié l'abbé, l'emmena dans son cabinet de travail. L'abbé écrivit quatre lettres que le comte se chargeait de remettre à leur adresse. Ces missives secrètes furent mises sous double enveloppe, puis cachetées.

Cela fait, l'abbé prit congé du comte, et en partant il lui dit tout bas à l'oreille : La jeune personne est assaillie de sollicitations. Hâtez-vous, si vous voulez réussir.

Dès le lendemain, l'abbé Tiberge était de retour à Alençon, afin que personne ne pût supposer qu'il s'était absenté. Il avait pour cela ses raisons. En procédant de la sorte, il se ménageait la possibilité, lorsque quelques jours après on viendrait demander à M. Noblet la main de sa fille, de feindre l'étonnement, et de faire croire qu'il était absolument étranger à cette démarche. Diomède lui-même ne devinerait pas d'où partait le coup qui le frappait.

Diomède avait trouvé le moyen de voir M^{lle} Palmyre et de lui exprimer sur tous les tons son ardent amour et l'espérance qu'il avait d'obtenir sa main. M^{lle} Palmyre était elle-même subjuguée, et soupirait de la façon la plus tendre. Tous les jours, dans l'après-midi, ces deux tourtereaux se rencontraient à la promenade et s'arrangeaient de façon à s'égarer un peu et à se parler tout bas. Des confidences ils en étaient passés à ces petits cadeaux qui entretiennent l'amitié et portent l'amour à son paroxysme. Depuis huit jours, Diomède pressait sur ses lèvres un mouchoir que lui avait donné M^lle Palmyre. Son imagination le trouvait imprégné de ce parfum idéal que la femme aimée laisse aux objets qu'elle a touchés. C'était pour lui la tunique de Déjanire, le talisman auquel il demandait la fièvre qui le brûlait si délicieusement.

On ne sait pas jusqu'où peuvent aller, dans leurs extases, deux êtres qui mettent en commun les trésors de tendresse et de sensibilité qu'ils puisent dans leur extrême jeunesse. Il s'établit entre eux une sorte de rayonnement qui leur permet, à l'insu des duègnes les plus sévères, des Argus les plus vigilants, et tout en restant immaculés et purs, de traverser des minutes divines, ineffables et supérieures à tout ce que pourrait donner la possession. Roméo en était là quand, pour la première fois, il vint soupirer sous le balcon de Juliette. Lorsque deux âmes sont ainsi liées par la passion, ainsi enchaînées par la sympathie, on ne saurait les disjoindre sans les briser. C'est l'amour dans tout ce qu'il a de fatal, d'excessif et d'absolu, l'amour qui subsiste en dépit des obstacles et des distances et auquel la mort seule peut mettre fin. Il naît spontanément dans le cœur, comme les truffes, — qu'on me permette cette comparaison grossière, — germent dans les plaines parfumées du Périgord. Plus on l'analyse et moins on le comprend, ce qui a décidé les sages à admettre qu'il pouvait être prédestiné et insufflé par une influence mystérieuse à ceux qui le subissent, de la même façon que la nature donne la fièvre ou la maladie.

*  *  *

C'était, hélas! ce bel et puissant amour que s'apprêtaient à attaquer les menées froides, égoïstes et ténébreuses de M. l'abbé Tiberge. Peu lui importait le désespoir qu'il allait jeter dans ces deux âmes ! Jupiter, dit Shakespeare, se rit du serment des amoureux. L'abbé allait imiter Jupiter, et sacrifier de gaieté de cœur, à sa coupable ambition, deux êtres beaux et jeunes qu'il rencontrait sur sa route et qui contrariaient ses desseins.

Le monde, on ne sait pourquoi, offre trop souvent l'exemple de telles immolations, qui restent impunies, parce qu'elles sont irréparables.

Le lendemain, Diomède ne rencontra point M^lle Palmyre à la promenade. Il attendit longtemps, elle ne vint pas. Il apprit qu'elle avait été retenue chez son père pour recevoir des personnes de haut parage, comme on dit dans les opéras, qui étaient restées très-longtemps en visite. Ces personnes étaient arrivées dans de superbes équipages, on avait remarqué les blasons gravés sur les panneaux de la voiture et sur les harnais des chevaux. Il va sans dire que tous les gamins du quartier unis aux flâneurs et aux bavards s'étaient groupés autour des équipages desquels, disait-on, étaient descendus un comte, une douairière et trois marquis des alentours, tous entrés chez M. Noblet.

On ne se trompait pas, et cette députation élégante venait, au nom de M. le comte de Langeais, demander pour son fils la main de M<sup>lle</sup> Palmyre. On devait revenir le lendemain pour présenter le futur à la jeune fille.

On devine l'étonnement extrême et la fierté fort excusable dont se sentit pris M. Noblet que le beau monde avait jusqu'alors tenu un peu à distance, en voyant dans son salon ces hauts personnages, très-humbles devant lui, le combler d'hommages et de compliments, et briguer l'honneur d'obtenir la main de sa fille pour un fils de famille. Il ne s'était jamais vu à pareille fête. Qu'on se figure le M. Poirier de la comédie de MM. Sandeau et Augier. M. Noblet tomba tout de

suite dans les ridicules inévitables de la situation. A défaut d'orgueil, ce péché capital qui
n'est point à la portée de tout le monde, il éclata
de vanité, qui celle-là étant l'orgueil des sots
est accessible au vulgaire.

M. Noblet, pour le présent millionnaire, appartenait à la catégorie des gens arrivés à Paris en
sabots. On répétait au cercle d'Alençon qu'il
était le fils de ses œuvres, phrase consacrée par
ceux qui n'ont pas le goût difficile. Il eût été plus
logique de dire qu'il était le père de ses œuvres,
puisqu'il était l'auteur de sa fortune, de la même
façon qu'il était celui des jours de sa fille. Après
avoir occupé des places peu lucratives, M. Noblet
trouva un jour le chemin de la fortune. Il se fit
acquéreur de domaines, défricheur de forêts et démolisseur de châteaux. L'histoire rapporte que dans
les premiers temps, il fut affilié à ce que l'on a appelé
la *bande noire*. On sait les profanations de toute
sorte qu'accomplirent en France pendant les premières années de ce siècle ces vandales en quête
de propriétés à vendre. Ils se présentaient partout, et se rendaient adjudicataires. Alors ils arri-
vaient avec des armées d'ouvriers, jetaient par
terre les murs des parcs, abattaient des arbres
remontant aux Mérovingiens, et démolissaient

le château. L'opération était très-compliquée. On enlevait dans l'intérieur les boiseries, les plafonds et les parquets qu'on vendait à des brocanteurs campés dans le parc comme des bohémiens. Les pierres, les fers, les plombs et les charpentes formaient des lots distincts cédés à d'autres brocanteurs suivis de leurs chariots. Les gros arbres du parc étaient convertis en poutres et en solives et le reste transformé en bois à brûler. Le sol une fois rasé, on y faisait passer la charrue, et les utilitaires ravis constataient en chœur que, grâce à cette opération, on avait enfin rendu à l'utile culture du colza, du froment ou de la betterave, des terres qui jusqu'alors ne produisaient rien. Dans les comices agricoles ces mêmes utilitaires composaient des discours là-dessus, félicitaient les démolisseurs, et non-seulement fermaient les yeux sur les bénéfices énormes qu'ils avaient réalisés, mais encore les présentaient comme de véritables philanthropes.

Combien de domaines magnifiques sont tombés sous la pioche de ces cupides spéculateurs? On ne saurait le dire. Peu leur importait que des souvenirs précieux se rattachassent à ces châteaux. Ils n'avaient qu'une seule préoccupation, qui consistait à savoir si tel domaine acquis pour cent mille francs produirait plus s'il était dépecé.

Quoi qu'on eût tenté auprès de ces iconoclastes et de ces niveleurs, rien n'aurait pu les arrêter, ni leur faire concevoir un scrupule. On serait arrivé à prouver que César en conquérant les Gaules s'était arrêté là; que Roland fatigué s'était adossé à cet arbre ; qu'Héloïse dans tout l'éclat de la beauté avait, dans cette chapelle, fait sa prière et écrit à Abeilard ; que le Juif-errant s'était désaltéré dans ce ruisseau, ils eussent pour toute réponse haussé les épaules avec un cynisme comparable à celui d'un oiseleur cruel qui égorgerait un rossignol pour chercher dans son gosier l'instrument merveilleux qui produit ses roulades.

Ce massacre des domaines s'est ralenti: la dernière profanation de ce genre fut accomplie vers 1854, alors qu'on démolit tout à fait le château de la Mailleraie. Ces charmilles sous lesquelles s'étaient promenées tant de grandes et belles dames ont été coupées, réduites en petits fagots, et envoyées sous cette forme à Paris pour allumer le feu dans les petits ménages. Grâce aux sociétés d'archéologie créées dans les départements, on a pu mettre un terme à la fureur dévastatrice de ces barbares, qui livrés à eux-mêmes, eussent été capables de démolir le château de Chambord, Saint-Maclou de Rouen, la fontaine de Vaucluse, s'il était possible de le faire, sans pitié pour la mémoire de Laure et de Pétrarque.

Depuis plus de trente ans, M. Noblet courait, de chantier en chantier, là défrichant des bois, ici démolissant un château, et allant en vendre les débris partout. Il avait toujours en réserve des tas immenses de vieux fer, de vieux plomb et de vieilles charpentes, et il trouvait moyen, quelque rusés que fussent, de leur côté, les marchands avec lesquels il était en rapport, de réaliser de gros bénéfices avec ces détritus. Peu à peu sa fortune s'était arrondie à ce point de permettre à cet homme qui avait privé tant de châtelains de leurs manoirs héréditaires, de posséder lui-même un petit château. Dans son langage vulgaire, il comparait le démembrement d'un domaine au découpage d'un poulet. Or, une fois, après avoir vendu les meilleures terres qui correspondaient selon sa pensée aux cuisses et aux ailes, il s'était réservé le *croupion*, c'est-à-dire une des dépendances d'un château, et s'y était installé. Comme il était veuf et qu'à ce moment-là M^lle Palmyre était encore au couvent, il avait confié le soin de diriger sa demeure à

4.

une grosse fille haute en couleur, qui s'était toujours montrée pour lui pleine de bonne volonté. Cette servante-maîtresse s'appelait M^me Rose. Quant à l'ameublement, il était d'une incohérence devant laquelle il eût été impossible de garder son sang-froid. On voyait entassés, les uns près des autres, des meubles de tous les pays et de toutes les époques. Des vestiges de *rococo* entouraient des vestiges de *gothique*, et des colifichets provenant des boudoirs de coquettes grimaçaient à côté de châsses, de rétables et de fauteuils ayant appartenu à des couvents et à des abbayes. M. Noblet, qui n'avait ni goût ni connaissances archéologiques, trouvait le tout charmant. Quoique châtelain et possesseur d'un hôtel à Paris, il ne s'était point dégrossi. Aussi était-ce un homme fort commun, qui, selon l'expression spirituelle de M^me Lafarge, cultivait admirablement ses terres et laissait son esprit en friche. Tel était celui dont un gentilhomme venait avec empressement solliciter l'alliance.

Avec une exactitude de créanciers, le lendemain les visiteurs de la veille amenèrent à Alençon, chez M. Noblet, le comte Elie de Langeais. Il avait trente-six ans. Il était presque chauve et un peu voûté. S'il n'eût été que laid, ce n'eût été rien, mais ce qui le rendait abominable à voir, c'était l'absence de toute physionomie. Ses yeux, insignifiants et vagues, révélaient une âme éteinte et une jeunesse flétrie. On devinait qu'il n'y avait plus ni esprit ni illusion dans cette étroite cervelle. Mais il était irréprochable de tenue, savait faire correctement la révérence et débiter, dans le ton voulu, ce qu'on pourrait appeler les clichés de la politesse et de la conversation. M. de Langeais, incapable de forger lui-même une phrase, répétait assez bien celles qu'on a coutume de dire dans les salons. Il lui eût été impossible de dire une chose originale à M^lle Palmyre, mais par contre, il lui eût parlé bécassines et chasse au marais aussi longtemps qu'elle aurait eu la patience de l'écouter. Il avait été décidément trop aimable pendant les quinze années orageuses passées à Paris, ce qui ne l'empêchait pas de venir, comme tant d'autres, s'offrir comme époux à une jeune fille respectable, innocente et pure, qu'il allait infailliblement obtenir, grâce à la volonté de monsieur son père, qui, celui-là, n'entrevoyait que son titre de comte, sa grande fortune, et pas du tout ses infirmités.

M<sup>lle</sup> Palmyre, en le voyant paraître, se sentit
glacée de crainte et saisie d'indignation. Elle
rougit et ne répondit que par monosyllabes aux
avances que semblait faire la douairière qui lui
proposait ce joli cadeau. On se figure, d'ailleurs,
ce qu'il y avait d'épouvantable dans la lutte
qu'elle avait à soutenir. L'image de Diomède,
qu'elle aimait et qui était beau, lui donna seule
le courage de ne point s'évanouir. Pendant tout
cet entretien, les secondes lui parurent des
jours.

Le comte de Langeais, suivant le conseil de
l'abbé, très-désireux de le voir aller vite en besogne, avait demandé et obtenu le consentement
du père et dressé l'inventaire de tout ce que le
futur possédait dans le présent, et devait posséder
dans l'avenir. M. Noblet, ébloui tout à la fois par
les titres et par l'argent, songeait déjà au contrat. Après un échange de paroles aimables, on se
se sépara. M. Elie de Langeais s'en allait avec
l'autorisation de revenir faire sa cour. Après
cette entrevue, M<sup>lle</sup> Palmyre, plus morte que
vive, se réfugia dans sa chambre pour pleurer,
et tendre ses bras vers son libérateur.

Diomède, en apprenant cette nouvelle que rien
ne lui avait fait pressentir, se troubla un instant,

mais reprit aussitôt courage. Il ne vit là tout
d'abord qu'un motif de se presser et d'aller droit
au but. Soutenu par son amour, il resta plein de
confiance, et se refusa à admettre qu'un autre,
quel qu'il fût, pût lui disputer le cœur de
M<sup>lle</sup> Palmyre. Mais qui serait chargé d'aller
demander sa main à son père? Il n'y avait point
à songer à sa tante. Quant à l'abbé, il le détestait.
Comme il importait de se hâter, il fit demander
le notaire de sa tante.

En présence de M<sup>me</sup> de Marande, il lui fit part
de son projet, et en même temps demanda à sa
tante son approbation. Elle la donna sans hésiter.

M. Noblet, qui avait une grande estime pour
M<sup>me</sup> de Marande, se montra très-flatté de la
demande que vint lui faire le notaire. Il voulut
tout de suite consulter sa fille.

M<sup>lle</sup> Palmyre répondit à son père qu'elle aimait
M. Diomède, et que ce mariage la rendrait bien
heureuse. Elle ajouta, dans sa franchise de jeune
fille, qu'elle trouvait M. Diomède fort distingué
et cent fois supérieur à M. le comte Elie de Langeais. Alors M. Noblet et le notaire s'enfermè-
rent et échangèrent de longues explications.

Le notaire revint ensuite vers M<sup>me</sup> de Marande
et lui fit savoir que M. Noblet consentait à

accorder la main de sa fille à M. Diomède, si
Mᵐᵉ de Marande voulait le doter, et l'instituer
par testament héritier de toute sa fortune. Tel
était l'ultimatum de cet homme cupide. Ces
conditions et ces exigences plongèrent Diomède
dans la désolation. S'il était amoureux, il était
fier, et ne se sentait point capable de demander
à sa tante de tester en sa faveur. Il attendit sa
réponse. Sa tante hésita d'abord et se perdit
ensuite dans des phrases vagues et confuses,
protestant de sa vive amitié pour son neveu, mais
ne promettant rien, et le laissant dans la plus
complète incertitude sur ses dispositions pré-
sentes et futures. En terminant, elle lui dit
qu'elle ne prendrait en tout cas point de parti
sans consulter M. l'abbé Tiberge qui avait été son
tuteur.

Il y a des instants où nous nous sentons doués
comme d'un surcroît de lucidité. Alors on devine
tout, on pénètre tout, et l'esprit inondé de clarté
rend même aux symptômes les plus vagues leur
véritable signification. Diomède, qui avait jusqu'alors refusé de l'admettre, comprit enfin que
cet abbé était en réalité son mauvais génie. Il
chercha si, dans le passé, il avait pu par ses
actions ou par ses paroles, encourir sinon sa

haine, du moins son aversion. Il interrogea ses souvenirs et ne trouva rien. Son abattement s'accrut
encore lorsque, examinant la situation, il se vit
réduit à l'impuissance et privé même du béné-
fice de ces beaux désespoirs qui parfois rendent la victoire à ceux dignes de la remporter. Ce mariage, qui eût assuré le bonheur
de sa vie, dépendait d'une détermination que sa
tante livrée à elle-même aurait sans doute prise.
Par malheur la pauvre femme n'avait plus de
volonté. L'abbé allait venir et lui dicter sa réponse, c'est-à-dire un refus. Tout jeune et tout
superbe qu'il était, il comprit qu'il n'avait plus
qu'à courber la tête et à se résigner au malheureux sort que lui préparaient la cupidité inflexible
de M. Noblet et l'hostilité insurmontable de
l'abbé.

L'amoureux pleura, mais l'homme resta calme,
et médita tout de suite de se venger, comptant
que la fatalité ou la Providence réparerait un jour
cette révoltante injustice. Il comprit que son beau
rêve était à jamais disparu.

Mⁿᵉ Palmyre, de son côté, était très-malheu-
reuse, mais moins résignée; sa naïveté de jeune
fille ne lui permettant pas de comprendre la gravité des obstacles qui la séparaient de Diomède,

elle persistait à espérer et à se jurer à elle-même
qu'elle serait à lui ou qu'elle ne serait à personne. Sa désolation était si grande qu'elle toucha M<sup>me</sup> Rose. Il y avait de la Dorine de Molière
dans cette grosse Normande. A défaut d'esprit
et d'éducation, elle avait du bon sens, le plus précieux de tous les dons. Elle n'hésita point, quoi
que pût en dire plus tard M. Noblet, à prendre
parti pour Diomède, qui était élégant, beau et
aimé, contre le comte de Langeais, laid, ridicule
et peu appétissant. Sa loyauté ignorante la portait à penser que dans le mariage on devait
d'abord choisir deux êtres qui se convinssent et
se préoccuper bien plus des personnes que de
l'importance des dots.

— Je comprends votre chagrin, mademoiselle
Palmyre, et je vous plains beaucoup. Ayez confiance en moi. Oui, vous êtes malheureuse et
devez beaucoup regretter en ce moment de n'avoir
point de mère. Je vous suis toute dévouée, et si vous
avez à dire quelque chose à M. Diomède, chargez-
moi de ce soin.

— Merci, madame, de votre bonté. Oui, j'ai
bien des choses à dire à M. Diomède. Voulez-
vous lui porter cette lettre que j'ai écrite hier
au soir ?

M<sup>me</sup> Rose partit tout de suite et remit à Diomède un petit billet qui contenait ces mots :

« Je ne suis pour rien dans les exigences et es cupidités de mon père. Ces calculs me répugnent et me froissent. Si je ne suis point votre femme, je ne serai la femme de personne. J'abhorre le vilain comte qui m'a été présenté. Je suis gardée à vue, et il m'est impossible d'aller à la promenade où j'avais le bonheur de vous rencontrer.

« N'abandonnez pas, je vous en conjure, celle qui vous aime et doit vous aimer toujours ! »

Diomède embrassa le papier sur lequel avaient glissé les doigts de M<sup>lle</sup> Palmyre, et après avoir très-affectueusement remercié M<sup>lle</sup> Rose de sa charitable intervention, il alla cacher cette missive dans le mouchoir qu'il conservait comme une relique.

Les événements se précipitaient. L'abbé Tiberge avait eu une longue entrevue avec M<sup>me</sup> de Marande, et l'avait, ainsi qu'on le devine, fortement dissuadée de prendre aucun engagement dans le présent ou dans l'avenir. Mais ce qu'on ne devine pas, ce sont les motifs qu'invoquait l'abbé pour donner, à la faible créature qui le consultait comme confesseur, un aussi blâmable conseil. D'abord

l'abbé reprochait à Diomède d'être un libre penseur perverti par les idées modernes, et d'exposer sur tout sujet, des théories subversives.
Ensuite comme pour mettre le comble à son
hypocrisie, il avait eu l'audace de dire à M<sup>me</sup> de
Marande que son petit-neveu devait rechercher en
mariage une personne de grande famille, et non
la fille d'un démolisseur. Il ajoutait que Diomède
qui se disait épris de M<sup>lle</sup> Noblet, cédait à un pur
caprice, et qu'il n'y avait rien de sérieux dans
cette passion subite.

M<sup>me</sup> de Marande écouta gravement ce langage,
et n'osa point répliquer. Modèle accompli de la pénitente, pour elle un confesseur était infaillible,
et elle eût considéré comme autant d'erreurs les
raisons invoquées pour le contredire.

Diomède, en revoyant sa tante, savait avant
qu'elle parlât la réponse qui l'attendait. Il écouta
son arrêt sans laisser percer la moindre émotion.
Il se contenta de lui renouveler l'assurance qu'il
n'avait jamais prétendu à une fortune que tout le
monde persistait à lui attribuer. Il ajouta que
cette fortune n'avait eu un instant de prix pour
lui, que parce qu'elle aurait pu rendre possible son
mariage avec une femme qu'il aimait. Il écrivit
aussitôt au notaire pour l'informer du refus de sa

tante et le remercier de la démarche qu'il avait bien voulu faire auprès de M. Noblet.

Cela fait, il s'approcha de sa tante et lui annonça qu'il retournait sur l'heure à Paris. Il l'embrassa respectueusement. M<sup>me</sup> de Marande voulut le retenir. Il résista, l'embrassa une seconde fois, et dix minutes après il était parti.

L'abbé étant venu lui présenter ses hommages, il lui tourna le dos.

L'abbé s'en consola bien vite, et se frottant les mains, il répéta entre ses dents, comme le Rodin du *Juif-Errant* d'Eugène Sue:

— Allons, ça va bien, ça va bien.

*     *
*

Diomède reprenait le chemin de Paris dans une situation d'esprit analogue à celle d'Hippolyte prenant le chemin de Trézène, et fuyant comme lui la belle qu'il aimait, et que des ambitieux et des sots allaient sacrifier à leurs machinations. Dans un premier mouvement d'indignation, il avait bien songé à enlever M<sup>lle</sup> Palmyre, ou à provoquer en duel l'indigne rival qu'on lui préférait. Mais la raison prenant le dessus, il crut devoir renoncer à ces moyens. L'honneur et la réputation de la femme qu'il aimait lui étaient aussi chers que son amour. Pour rien au monde, il n'aurait voulu la mêler à des aventures scandaleuses.

En rentrant à Paris dans son appartement de garçon, il retrouva tout le calme de son esprit. Il demeura longtemps plongé dans ses réflexions, examinant avec une rapidité vertigineuse sa situation sur toutes ses faces. Il sortit de cet examen de conscience avec deux résolutions inébranlables. D'abord il était décidé à renoncer à son projet de mariage. Il faisait ainsi la part de la sagesse et de la modération. Puis par contre il s'était fait le serment de se venger de toutes les façons de ceux qui avaient fait échouer ce projet.

La science indique le moyen de transformer instantanément les métaux, et de les douer de qualités qu'ils n'avaient pas. Il y a en nous une faculté analogue à l'aide de laquelle, sous l'empire de fortes émotions, nous pouvons agir sur nous-mêmes, comme la science sur les métaux, et changer absolument la nature de nos idées, de nos sentiments et de nos sensations. Diomède traversait un de ces instants où l'esprit et l'âme, recourant à cette faculté, se sentent irrésistiblement transformés, et conçoivent de toutes les choses de ce monde une perception particulière. Tout apparaît alors sous un jour nouveau. C'est par de semblables épreuves qu'on arrive à se bronzer l'âme et à se la bien tremper. Il eut conscience qu'un changement subit s'était à son insu opéré en lui, et qu'il n'était plus le même homme. Alors il sentit ses naïvetés juvéniles, ses fois aveugles, ses abandons irréfléchis et tout ce qu'il y avait de plus généreux en lui s'évaporer et céder la place à un scepticisme armé jusqu'aux dents. La révolte devint complète, excessive, absolue, quand saisissant dans son ensemble l'intrigue qui le rendait si malheureux, il n'aperçut, en regard de la passion si naturelle et si pure qu'il avait conçue pour M<sup>lle</sup> Palmyre, que l'infamie et la duplicité sans excuse de ceux qui venaient si criminellement lui fermer les portes du Paradis. Il n'oubliait pas que le moment était décisif, fatal, et qu'il allait être, sans qu'il y eût ni consolation, ni adoucissement à espérer, victime pour toujours du forfait qui se préparait. Il va sans dire que dans ses projets de vengeance il épargnait M<sup>me</sup> de Marande qu'il tenait pour irresponsable de ce qu'on avait ourdi autour d'elle. C'est ainsi qu'un être qui eût été un mari parfait, un être discipliné, souple, conciliant, acceptant le monde tel

5.

qu'il est, et ne lui demandant pas d'être meilleur,
allait grossir la phalange de ces misanthropes et
de ces rêveurs qui forment, pour ainsi dire, le
levain des révolutions.

Enfermé dans son cabinet de travail à Paris,
il entrevoyait avec une lucidité parfaite ce qui se
passait à Alençon. L'abbé Tiberge débarrassé de
sa présence avait repris plus d'assurance et se
livrait à d'incessantes allées et venues de Mᵐᵉ de·
Marande qu'il félicitait de n'avoir point consenti
à faire de l'abandon futur de sa fortune l'enjeu
d'une union indigne de son neveu, à M. Noblet
qu'il pressait de conclure la cérémonie nuptiale.
Ce parvenu avait perdu une partie de sa raison.
Sa vanité surexcitée par la perspective de voir sa
fille comtesse lui inspirait toute sorte d'extravagances, comme par exemple de ne pas inviter à
la noce les gens qu'il trouvait trop communs. Il
avait dû, pour vaincre le chagrin et la répugnance
de Mˡˡᵉ Palmyre, se servir dans toute sa rigueur
de son autorité paternelle, et lui arracher par la
crainte un consentement qu'il n'aurait pas obtenu
autrement. La pauvre enfant ne cessait de pleurer
même devant ce chevalier de la triste figure qui,
à l'aide de gestes automatiques unis au plus
niais des langages, protestait de sa violente

passion. La force la livrait à cet homme, mais
elle était à Diomède. Ses lèvres pouvaient articuler
le oui solennel, mais son cœur criait non. Elle ne
comprenait pas pourquoi Diomède s'était éloigné
et ne lui en voulait pas, attribuant cette résolution à quelque cause qu'on lui laissait ignorer, ou
que son inexpérience ne lui permettait pas de
deviner. Sans pour cela cesser de pleurer, elle se
sentait au fond de l'âme un peu consolée, en
songeant qu'elle était fermement aimée.

Le jour fatal arriva. Mlle Palmyre couverte du
long voile des fiancées fut traînée à l'autel par
son père plus ridicule encore avec un habit noir
et une cravate blanche qu'il ne l'était avec un
vêtement de travailleur. Elle pleurait à chaudes
larmes et, agenouillée devant le prêtre, elle semblait le supplier de ne point consacrer son union.
Elle était adorable ainsi, ses larmes répandues
sur ses joues ressemblaient à des gouttes de rosée
qui glissent sur les pétales des lis avant de s'en-
gloutir dans leur calice. Son regard miroitant à
travers ses pleurs jetait autant de lueurs que
les gros diamants accrochés à ses oreilles.
Quant à son fiancé, il semblait n'être là que
pour faire ombre à sa splendeur, accentuer la
grandeur de l'immolation et faire maudire la

fatalité qui voulait qu'on unît une colombe à un hibou.

L'abbé Tiberge, caché dans un coin, lisait son bréviaire avec ferveur. Tout près de lui, un groupe de commères regardant la mariée compatissaient à son profond chagrin. Pendant toute la journée de brillants équipages illuminèrent les rues d'Alençon. Le soir arrivé, le comte de Langeais emmenait la comtesse et la conduisait au château de ses pères.

Quelques jours après cette triste cérémonie qui fit beaucoup parler les mauvaises langues, Diomède recevait une lettre de faire part. En la lisant, il se sentit attendri et quitta le travail auquel il s'était remis pour faire trêve à son chagrin.

Il sortit immédiatement et erra par les rues comme un corps sans âme, se berçant de cette illusion qu'il allait peut-être rencontrer Palmyre. Il rentra distrait et nerveux. Il prit sur une étagère un coffret en fer fort ancien et magnifiquement ciselé, dans lequel quelque belle châtelaine avait dû serrer ses bijoux et ses papiers secrets. Ce coffret était fermé par une triple serrure qui le rendait inviolable. Diomède l'ouvrit et y plaça le mouchoir et la lettre de Mlle Palmyre.

Avant de le fermer, il arracha d'un manuscrit ancien placé sur la table une feuille de parchemin blanc sur lequel, sans hésiter et sans réfléchir, il écrivit quelques mots. Cela fait il mit la feuille de parchemin à côté de la lettre et du mouchoir, puis ferma le coffret.

Certes l'abbé Tiberge triomphait, mais sa victoire l'embarrassait un peu. M^me de Marande était à tout instant exposée aux réflexions quelque peu gênantes de ses visiteurs, qui lui disaient sur tous les tons combien on avait été froissé de voir une charmante jeune fille comme M^lle Noblet donnée pour femme à ce comte maladif et vieux avant l'âge. On ajoutait que M. Diomède aurait été pour elle un époux bien plus séduisant et bien plus distingué. La pauvre dame, écrasée par l'évidence, ne savait que répondre, et en était réduite à opposer à ces justes critiques, cette indifférence et ce détachement des choses de ce monde dans lesquels elle était depuis longtemps plongée. Elle n'avait rien compris au départ subit de Diomède, et n'avait pas songé un seul instant à l'attribuer à un accès de dépit et de chagrin. Cet enfant, qu'elle aurait dû aimer avec passion, ne l'avait pas plus affligée en la quittant, qu'il ne l'avait rendue joyeuse alors qu'il était accouru

vers elle. Il ne manquait pas dans son entourage
de personnes honnêtes et dévouées prêtes à lui
ouvrir les yeux, mais nulle parmi elles n'aurait
osé tenter l'aventure, parce qu'elle savait d'avance
que l'abbé Tiberge serait intervenu pour étouffer
sa voix et empêcher la vérité d'arriver jusqu'à
la faible créature qu'il tenait dans sa domination
absolue. L'abbé avait du reste fort à faire pour
conserver ses positions. Il ne perdait point de
vue que, pour arriver à ses fins, il ne suffisait
pas d'avoir fait échouer le mariage de Diomède.
Ce n'était là qu'une escarmouche. Il restait à
gagner la grande bataille, c'est-à-dire à décider
M<sup>me</sup> de Marande à faire un testament dans lequel
son neveu serait entièrement oublié.

On dit qu'un diplomate, si fin qu'il soit, n'est
pas de force à lutter de finesse et de malignité
avec un théologien. Or, l'abbé était théologien;
aussi on pouvait s'en rapporter à lui pour mener
à bonne fin la diabolique entreprise qu'il allait
tenter. En sa qualité de confesseur, il disposait
d'une foule de ressources que n'avaient point à
leur disposition ceux qui eussent voulu contre-
miner ses projets. Sa pénitente était vieille, il
importait donc qu'elle songeât à son salut. Tout
ce qui se rapportait aux choses de la terre était

petit à côté de cela. C'est ce qu'il lui rappelait dans les secrets entretiens qu'il avait avec elle. Il·excellait à trouver des biais, des allusions et des sous-entendus inoffensifs en apparence, mais en réalité d'une perfidie capable de déconcerter les forts. Il lui répétait à satiété que la vieillesse qu'on subit et qu'on n'accepte pas n'était en réalité, pour une personne pieuse, que la plus douce des rigueurs. Alors emporté par son zèle, il mettait en parallèle notre vie ici-bas, si courte et si fugitive, avec cette félicité éternelle promise là-haut comme récompense, à l'âme qui se serait montrée docile et croyante.

Flammes de l'enfer! Splendeurs du paradis! qui pourrait compter les terreurs et les extases dans lesquelles vous avez plongé depuis des siècles des milliers de créatures qui ne purent jamais discerner qu'à travers votre fantasmagorie le Dieu vrai, juste, clément et miséricordieux vers lequel elles tendaient leurs bras!

Pendant tout l'hiver, l'abbé Tiberge multiplia ses visites à Mᵐᵉ de Marande et mit une assiduité presque affectée à lui tenir compagnie. Il n'était sorte d'égards et de prévenances qu'il n'eût pour elle; il poussa même l'impudence jusqu'à lui parler de Diomède, à faire son éloge et à le pro-

clamer digne de toute son amitié! En se con-
duisant ainsi, il avait un but, et se donnait aux
yeux de M<sup>me</sup> de Marande le mérite de l'impar-
tialité. Il lui disait avec complaisance que Diomède était fort instruit, que ses connaissances
étendues lui permettaient de prétendre à tout, et
qu'il saurait sûrement conquérir à Paris une
situation supérieure à celle que lui eût faite son
mariage avec M<sup>lle</sup> Noblet. Il revenait toujours à
cette idée, surtout quand il y avait du monde
auprès de M<sup>me</sup> de Marande, comme pour se faire
absoudre du dessein coupable qu'on lui prêtait,
de déprécier cet enfant dans l'esprit de sa tante.

Diomède écrivait souvent à sa tante pour lui
témoigner sa tendresse et s'informer de sa santé,
mais dans toutes ses lettres il avait le soin de
l'avertir qu'il ne viendrait point à Alençon, décidé
qu'il était à ne jamais revoir une ville dans
laquelle il avait été si malheureux, et où il était
exposé à rencontrer des gens qu'il avait en horreur. M<sup>me</sup> de Marande approuvait ses scrupules,
et n'osait exiger qu'il se rendît près d'elle. Averti
par sa prudence instinctive, l'abbé se préoccupait
beaucoup de cette séparation de la tante et du
neveu, sachant bien qu'on l'accuserait d'en être
cause, aussi cherchait-il le moyen de la faire ces-

ser. Comme M<sup>me</sup> de Marande ne voyageait plus depuis longtemps, il comprit qu'il devait tenter lui-même de mettre fin à cette situation, quelque délicate que fût la démarche qu'il lui fallait entreprendre.

Il appartenait à une école dans laquelle, à côté de toutes les audaces, on a toutes les souplesses. Si ceux qui s'occupent à cette heure ici-bas des affaires du ciel n'ont plus le désintéressement sublime des apôtres, et ne se font plus gloire de la pauvreté, ils en ont cependant conservé la ténacité d'esprit, et cette forme grossière du génie qui s'appelle la patience. Armés de ces deux vertus, ils affrontent résolûment les hontes et les humiliations, et se sont fait un point d'honneur spécial, qui leur permet d'essuyer, sans colère et sans indignations, des rebuffades que ceux qui ne s'occupent pas d'intérêts si supérieurs ne voudraient point tolérer. Cette abnégation et cet oubli de soi-même sont divins quand ils animent le missionnaire qui va se faire massacrer au bout du monde par les sauvages qu'il veut civiliser, mais ils sont condamnables et haïssables lorsqu'ils sont employés à nuire au prochain.

L'abbé Tiberge informa M<sup>me</sup> de Marande qu'il était appelé à Paris pour une affaire importante. Il lui dit qu'il avait l'intention d'aller voir Diomède, de le raisonner et de le faire revenir de sa prévention contre lui. M<sup>me</sup> de Marande l'approuva beaucoup, et pour motiver sa démarche elle lui remit une lettre pour son neveu.

Il trouva Diomède assis à sa table dans son cabinet de travail, au milieu de plusieurs gros livres entr'ouverts. Il salua très-courtoisement. Diomède, un peu surpris d'abord, finit par lui tendre la main, et le regardant avec assurance, sembla se réjouir de l'occasion qui se présentait de lui faire sentir tout son dédain.

— Mon jeune ami, dit l'abbé, vous étudiez beaucoup, et ces livres me prouvent que, dans votre ardeur de connaître, vous allez puiser la science à toutes les sources. Mais pourquoi vous donner tant de mal? N'en savez-vous donc pas assez? « Où il y a abondance de science, il y a abondance « de chagrins; et celui qui s'accroît de la science, « s'accroît de la douleur. » Qu'espérez-vous trouver dans ces grimoires? « Ce qui a été, c'est ce « qui sera; ce qui a été fait, c'est ce qui se fera; « il n'y a rien de nouveau sous le soleil. »

— Je vous en prie, monsieur l'abbé, reprit

Diomède, n'invoquez pas la Bible, car je me charge de trouver dans ce gros livre tout ce que je voudrai. L'*Ecclésiaste*, dont vous venez de me citer deux versets, dit aussi : « J'ai prisé la joie, « parce qu'il n'y a rien sous le soleil de meilleur « à l'homme que de manger et de boire et de se « réjouir. » Il dit encore : « Fais selon ton pou- « voir tout ce que tu auras trouvé moyen de faire, « car dans le sépulcre où tu vas, il n'y aura ni « œuvre, ni discours, ni science, ni sagesse. » Il dit bien d'autres choses qu'il vous serait proba- blement fort difficile de concilier, mais assez sur l'*Ecclésiaste*. Ce n'est certainement pas pour le commenter que vous êtes venu me voir, et si j'ai répondu à vos citations par d'autres citations, c'était pour vous prouver que je connaissais les saintes Écritures.

— Vous en connaissez la lettre, mais vous en ignorez l'esprit, et c'est ce qui me désole. L'an- née dernière, à Alençon, je vous ai entendu émettre des idées qui m'ont profondément affligé.

— Vous êtes vraiment, monsieur l'abbé, trop prompt à vous alarmer. Je ne me destine pas à l'en- seignement, je ne prétends instruire ni édifier per- sonne, et je ne comprends pas où vous voulez en venir. La franchise, qui est presqu'une vertu, m'oblige à vous dire que je ne vous aime pas, parce que vous avez mal agi envers moi : vous vous êtes déjà emparé de l'esprit de ma tante, vous vous emparerez probablement de sa fortune; tout cela, vous en conviendrez, n'est point fait pour m'attirer vers vous. Je vous fais connaître un peu brutalement peut-être le fond de ma pensée. Mais pourquoi êtes-vous venu me trouver dans ma solitude, où j'essaye de me consoler par l'étude et le travail du chagrin que vous m'avez causé? Si vous espérez exercer sur moi la même influence que sur ma tante, vous vous abusez étrangement. Pensez, agissez comme vous l'entendez, mais laissez-moi de mon côté penser et agir comme je l'entends. Je ne suis, Dieu merci, ni cupide ni envieux, et je vous jure que je ne ferai rien, absolument rien, pour disputer la fortune de ma tante dont je suis l'unique héritier à ceux qui peuvent avoir le dessein de se l'approprier.

—Allez, divaguez tout à votre aise, dit l'abbé; méprenez-vous sur mes intentions, je saurai bien me justifier. J'ai été votre tuteur, je suis prêtre, et à ce double titre, il m'est bien permis, ce me semble, de venir, tandis qu'il en est temps encore, au secours d'un pécheur qui s'égare et de le ramener dans la bonne voie qu'il s'apprête à quitter. J'ai sur vous charge d'âme.

—Oh! monsieur l'abbé, avec tout le respect que je vous dois et que mon éducation m'empêchera d'oublier, je vous prie de ne pas continuer votre sermon. Vous êtes en face d'un esprit émancipé et non d'un de ces pénitents timides et tremblants qu'on peut effrayer par de grands mots. Allez fasciner ceux-là tant que vous voudrez, mais n'essayez pas de me convertir. Votre erreur consiste pour moi à rapetisser Dieu qui est grand et à lui attribuer un rôle bien ridicule. A Alençon, chez ma tante, je n'aurais point osé aborder la discussion sur ce point délicat ; mais ici, c'est autre chose, et puisque c'est vous qui êtes venu à moi, je vous dirai sans réticence et sans ménagement ce que j'ai sur la conscience. Tout petit, tout humble et tout nul que je suis, je vois Dieu bien autrement grandiose, puissant et glorieux que ne l'a fait votre M. de Bossuet.

—Ne blasphémez pas, Diomède, interrompit l'abbé avec animation.

—Non, je ne blasphème pas, et si vous êtes équitable, vous rencontrerez dans ce que je tiens à vous dire bien plus l'accent de la prière que le ton du blasphème. Vous autres catholiques,

6.

vous avez ce tort de paganiser une religion à
laquelle par devoir vous devriez conserver son
caractère divin. Avec ce parti pris de heurter la
science et de contester les vérités découvertes
par des savants, qui, loin d'être des athées, n'ont
été au contraire que des élus que Dieu a conduits
par la main, vous avez perdu votre rang à l'avant-
garde de la civilisation, vous avez jugé bon de
vous arrêter, et vous vous êtes refusés à comprendre
que votre religion était arrivée, comme l'a dit
Chateaubriand, à sa période philosophique. Si
vous persévérez dans cette erreur, vous ne serez
plus rien. Bossuet, toujours Bossuet, avec ses
violences sur les lèvres, parlant sans cesse de la
colère de Dieu et se complaisant au milieu des
carnages et des exterminations de la Bible! Cette
rhétorique qui a fait son temps a pu suffire à ce
petit bon Dieu qu'il avait entrevu. Mais que voulez-vous que nous en fassions, maintenant que
la science nous a mis face à face avec le grand
et le vrai Dieu, avec le créateur des étoiles fixes,
avec l'auteur de ces milliards de mondes répandus
dans cet infini sans bornes, sans commencement
et sans fin? Pour Bossuet, les étoiles sont la
parure de la nuit. Il n'a jamais songé que ces
étoiles pouvaient être peuplées d'humanités fai-

bles comme la nôtre, faillibles comme la nôtre, chassées du paradis comme la nôtre et dans chacune desquelles Dieu a dû peut-être, dans son inépuisable miséricorde, envoyer son fils et, j'en demande humblement pardon à Notre-Seigneur, un échantillon de Jésus-Christ. Car enfin, les éclipses qu'on sait annoncer infailliblement, prouvent jusqu'à l'évidence que la planète qui éclipse, ou qui est éclipsée, est un astre absolument semblable à celui que nous habitons, soumis aux mêmes lois et évidemment habitée par des êtres sortis des mains de celui qui nous a créés nous-mêmes. Bossuet a-t-il jamais tenu compte de ces milliards d'autres humanités? Il a perdu de vue ces prodiges, qui seuls pouvaient donner une idée de l'incommensurable grandeur de Dieu, pour ne s'occuper que de cet Éternel étroit, mesquin, qui, dans la Bible, préside aux combats d'Israël avec les Philistins auxquels il envoie des hémorroïdes. Je ne veux pas, après Voltaire, dont je n'ai ni l'esprit ni la verve, grouper ici les détails burlesques et plaisants que trouvent à tout instant dans la Bible, ceux qui la méditent. Si j'y ai fait allusion, c'est pour faire ressortir, au point de vue religieux, l'inutilité de cette lecture. Est-ce que la grandeur de

Dieu n'est pas plus éloquemment prouvée, plus irréfragablement affirmée par les découvertes de la science que par les images confuses et les paraboles obscures réunies dans ce recueil que depuis des siècles, des millions d'hommes lisent avec ferveur et interrogent avec curiosité? Croyez-vous que le vrai et grand Dieu, celui qui a créé tous les mondes, ne contemple pas d'un œil satisfait ces astronomes et ces physiciens qui ont découvert la loi de la gravitation? Pensez-vous que ce Dieu bon condamne l'usage que font les hommes de la raison qu'il leur a donnée et qu'il puisse réprouver les hypothèses qu'ils émettent sur l'origine et la fin des astres, parce que ces hypothèses contredisent les versets de la *Genèse?* Prétendriez-vous que les savants font œuvre d'athéisme, quand armés des instruments qu'ils ont créés, ils sondent les immensités de l'infini, et découvrent des astres dont nous sommes séparés par des distances qui n'ont permis à leur lumière d'arriver jusqu'à nous qu'après plusieurs siècles, bien que la lumière franchisse soixante-quinze mille lieues par seconde? Les mathématiciens sont-ils des imposteurs quand ils affirment que nous n'avons pas de termes pour exprimer ces distances, ni que nous ne pourrions fabri-

quer de feuilles de papiér assez grandes pour
inscrire en chiffres le total de ces milliards de
lieues, au delà desquelles sont d'autres milliards
de lieues qu'on pourrait traverser pendant des
millions de siècles avec la rapidité de l'éclair
sans pour cela se rapprocher d'un iota du but, de
là fin de cette immensité à laquelle Dieu n'a
pas assigné de limites, et au milieu de laquelle
d'autres astres que nous ne verrons jamais tournent avec la rapidité de notre terre autour de
leurs soleils respectifs. Car, remarquez-le en passant, ce sol qui est sous nos pieds, et qu'on a
appelé vulgairement le plancher des vaches, est
emporté par un mouvement qui lui fait franchir
vingt-cinq mille deux cents lieues en une heure,
soit deux cent quarante millions de lieues chaque
année.

En cet instant, Diomède s'arrêta. Il remarqua
que l'abbé baissait la tête. Il reprit aussitôt :

— Si poussé par la curiosité irrésistible qu'éveille
dans l'esprit la science de l'astronomie, vous avez
la patience de suivre les savants dans leurs hypothèses et leurs conjectures bien autrement merveilleuses que tous les romans et toutes les féeries,
ils vous prouveront que le soleil autour duquel
nous tournons est lui-même en marche vers la

constellation d'Hercule, escorté par toutes les planètes qu'il régit; que dans des milliards d'années ce soleil s'approchera si près des étoiles de cette constellation, qu'il sera brisé, anéanti, ainsi que les astres de sa suite dans le plus épouvantable des cataclysmes. Les mots manquent pour décrire cette formidable horreur, cette agonie de toutes les créations ramenées non pas seulement au chaos, mais au néant, c'est-à-dire perdues sans laisser de traces au milieu des gouffres de l'infini au-dessus desquels passeront peut-être quelques légers nuages produits par l'ébullition de tous les océans. Oui, voilà ce qu'à l'heure présente ceux qui forment l'élite des peuples civilisés ont su lire ou épeler dans ce vaste et grand livre déployé sous nos yeux. C'est en méditant ce qu'ils ont écrit sur cet infini et sur ces astres qui chantent sa gloire que je me suis fait une idée vraie de Dieu, en même temps que je me suis vu contraint de rire un peu, je l'avoue, des récits étranges de la Bible et des *Oraisons funèbres* de Bossuet. Je n'ai pu admettre que ce grand Dieu se fût autant préoccupé du peuple d'Israël. Mais si je n'admire pas cette petite peuplade défigurée par tant de défaillances et d'infirmités, elle n'en a pas moins la gloire d'avoir été la patrie de Jésus-Christ qui a joué un rôle divin sur la terre. Je m'incline avec respect devant cet être prodigieux qui, sans disposer d'aucune puissance, sut par la seule force de la persuasion, par sa bonté et sa miséricorde, s'imposer comme le législateur de tous les hommes et leur enseigner les vérités qui pouvaient les rendre parfaits, et les placer dans l'échelle des êtres à côté des anges. C'est sous la dictée de Dieu qu'a été écrit le *Pater*, cette prière sublime contre laquelle ne pourraient rien les sarcasmes des philosophes et les ironies des plaisantins, et que les hommes qui existent dans toutes les planètes, fussent-ils parvenus à l'apogée de la civilisation, au plus haut degré de la science, peuvent réciter avec foi et avec ferveur, parce qu'il sait résumer, dans sa simplicité et son éloquence, l'hommage respectueux que le créateur attend de la créature, l'hymne que tous les mondes doivent adresser au Dieu unique. Je vous prie de me pardonner cette longue et pédante dissertation, mais grâce à elle vous connaissez mon *credo*. Je suis déiste ardent, j'ai pour prière le *Pater* et pour morale celle de l'évangile, et je termine en vous disant que ce qu'il y de plus essentiel à l'homme, c'est la religion qui l'a civilisé, et sans laquelle il retournerait bien vite à la barbarie, mais la religion telle que l'entendait le Christ, et non celle qu'y ont substituée les prêtres.

— Je vous ai laissé parler, reprit l'abbé, non que je fusse embarrassé de vous répondre, mais parce que je voulais connaître le fond de votre pensée, et sonder la profondeur de votre aberration. Vous êtes un factieux prudent, un élève de Voltaire, que son maître aurait trouvé timide. J'admire vraiment la verve avec laquelle vous avez parlé pour justifier votre peu de respect et de soumission envers l'Église, mais dussé-je massacrer vos illusions, je vous rappellerai que le Dieu des Apôtres et des Pères de l'Église a l'envergure aussi large que celle du Dieu des astronomes, et que les prêtres dont vous tenez si peu compte en savent tout autant que les académiciens. Comme nous avions charge d'âmes, nous devions laisser de côté les astres, et nous occuper exclusivement de l'humanité qui nous entoure, et qui se compose de ces foules ignorantes qu'il fallait éclairer, guider et disputer à Satan. Nous ne pouvions développer sous leurs yeux des horizons aussi vastes que ceux qu'il vous a plu de parcourir. Il n'est pas nécessaire d'en savoir si long

pour être sauvé. Et, d'ailleurs, pour vous
prouver combien votre érudition m'a peu ébloui,
je vais vous dire où on en arriverait avec
ce mandarinat archi-savant pour lequel vous vous
passionnez tant. Ce mandarinat conduit en philosophie au Positivisme, en politique à la Démocratie, et en religion à un culte pour les grands
hommes réunis dans des Panthéons. Mais
Réaumur est un grand homme, je le vois
bien flotter dans un bain sous forme de thermo-
mètre. Placé sur un autel, je le trouverais piteux.
Du positivisme, je vous dirai peu de chose. Qui
dit positivisme, dit résignation à l'ignorance,
défense absolue de céder à la tentation d'émettre
des hypothèses, et emprisonnement dans les cer-
titudes. Hélas! la science s'est toujours arrêtée
au seuil des choses curieuses, et Virgile, aujour-
d'hui comme il y a près de deux mille ans, pourrait dire à toutes vos académies :

Felix qui potuit rerum cognoscere causas !

Quant à la démocratie, je ne prétends pas que
ce soit l'envie et le terre-à-terre, mais je cherche,
sans le trouver, où peut bien être son prestige,
et si elle est supérieure à ce qu'elle prétend rem-

placer. La démocratie, c'est la loi du nombre
permettant à la foule d'étouffer l'élite, aux pieds
de commander à la tête, troublant pour toujours ce
travail de sélection qui s'opère parmi les hommes
et qui fait que, dans tous les endroits de la terre,
où qu'ils soient réunis en peuplade, en tribu, ou
en grande nation, l'élite est portée en haut par
la foule qui reste en bas, et chargée par elle de
la diriger. La démocratie, enfin, c'est l'insurrec-
tion des chardons contre les roses, et ce qui est
plus grave, la décadence de l'esprit condamné à
perdre l'enthousiasme pour l'idéal. Démocratisez
une nation, et en un quart de siècle, elle ne
comptera plus ni poëtes ni artistes. Ces rêveurs
immolés par les positivistes et les rationnalistes
auront perdu jusqu'au dernier souffle de l'inspiration. Quand ils auront chanté la liberté et
encore la liberté, ils seront au bout de leur rouleau. Nos mœurs, nos coutumes, nos traditions
disparaîtront. La démocratie nous livrera aux utilitaires, aux analyseurs de sensations, qui procé-
deront dans l'ordre moral comme procèdent les
chimistes dans l'ordre matériel. On discutera
Dieu, l'autorité, la morale, le code, et en fort peu
de temps ces contempteurs de notre civilisation
nous ramèneront, sous prétexte de progrès, aux

temps préhistoriques. Nous tomberons au-des-
sous des Mormons. Nous serons des théophilan-
thropes, nous rayerons la fête de Noël du calen-
drier pour la remplacer par la fête de l'électricité.
Je m'aperçois que je crie dans le désert. Je vous
tends la main, vous la repoussez. Persévérez
dans le mal, et mourez, puisque vous le voulez,
dans l'impénitence finale.

— Du calme, monsieur l'abbé, reprit Diomède,
ne vous emportez pas ; si cette discussion vous
irrite, c'est vous qui l'avez provoquée en venant
chez moi. Et si vous y êtes venu, je sais bien
pourquoi.

— Expliquez-vous, je ne comprends pas.

— Vous êtes venu me trouver, parce que vous
n'avez pas la conscience tranquille, et que vous
vous repentez peut-être déjà du mal que vous
m'avez fait. Vous espériez rencontrer ici un esprit
souple, facile à désarmer, et prêt à accepter
comme paroles d'Evangile tout ce que vous vous
apprêtiez à lui dire. Mais à la place de cet esprit
docile, vous vous trouvez en face d'un être qui
résiste, qui a des principes aussi arrêtés que
les vôtres, et qui ne ferait aucun cas de vos
exhortations. Votre déception est grande, j'en
conviens, et doit vous conseiller de mettre fin à

un entretien dont vous n'avez rien à espérer. Retournez à Alençon, mon cher abbé, dites à ma parente que son petit-neveu est un libre penseur, un être pervers, un démon vomi par l'enfer, je m'engage à ne point vous contredire. Dieu qui est là-haut nous jugera, et soyez sûr qu'il saura discerner qui, de vous ou de moi, a raison dans ce petit débat. Ma conscience est aussi légère que la vôtre doit être inquiète et troublée. Laissez-moi à mes livres et à mes études qui me consoleront sûrement des tristes choses qui s'accomplissent parfois ici-bas.

— Soit, dit l'abbé, égarez-vous tout à votre aise, un jour viendra où vos yeux dessillés découvriront la vérité, et jugeront ce qu'elles valent, vos détestables doctrines. Ecrivez vos gros livres, répandez à profusion de nouvelles erreurs dans le monde, et complaisez-vous tout à votre aise dans votre orgueil. J'en ai vu de plus superbes que vous qui, après avoir beaucoup péché, sont revenus à moi, me demander le pardon de leurs fautes.

— Je ne sais ce qui arrivera un jour, reprit Diomède, mais quant à présent je n'ai point à me repentir.

— Cela viendra plus tard. Alors qu'il vous sera permis de constater les ravages qu'auront causés tous ces détestables livres qui grouillent dans votre cerveau. Allons! vite à l'œuvre, réformez le monde, posez-vous en législateur, érigez-vous en moraliste, en prophète si vous le voulez. L'Église, qui a subi de bien plus terribles assauts que ceux que vos pareils lui livrent en ce moment, n'aura jamais pour vous que de la pitié. L'état social, si peu protégé qu'il est à présent, n'est pas à la merci d'un rêveur et d'un sophiste.

— Hélas! monsieur l'abbé, je n'oublie pas que je ne suis rien, mais enfin vous me permettrez bien d'essayer de devenir quelqu'un. Ce n'est pas à mon âge qu'on peut avoir donné la mesure de ce qu'on vaut. Ce ne sont pas les assemblées qui ont jamais bouleversé le monde. Les révolutions sont toutes sorties d'œuvres produites par de pauvres diables, obscurs et ignorés. On riait au nez de Jean-Jacques Rousseau, lorsqu'enfermé dans cette cabane au-dessus de laquelle s'échappait la fumée du petit feu qui le réchauffait, il noircissait des feuilles de papier. Cependant, un beau jour, on vit sortir de cette cabane le *Contrat social*, c'est-à-dire le livre qui devait embraser le monde et donner le signal de révolutions qui durent depuis un siècle. Je ne suis pas, je ne serai jamais Rousseau, mais grâce à lui j'en sais

7.

assez pour démasquer de puissants imposteurs, et
prouver que certaines personnes, toutes confites
en dévotion, ne sont en réalité que de malfaisants
démons. C'est là un traité qui manque ; je vais
l'écrire, et si je le réussis, je n'aurai point perdu
mon temps. Sur ce, monsieur l'abbé, je vous salue
et je prie Dieu de vous avoir en sa sainte et
digne garde !

L'abbé s'inclina et Diomède l'accompagna jusqu'à la porte.

\*
\* \*

On devine dans quelle fureur il se trouvait
plongé en revenant à Alençon. La résistance de
Diomède irritait sa volonté si peu accoutumée à
fléchir. Il comprit qu'il n'y avait plus rien à tenter
pour convaincre et soumettre un rebelle si déterminé et si désintéressé. Il se promit de ne pas
informer tout de suite Mᵐᵉ de Marande du résultat de sa visite, mais il ne put se tenir parole,
et dès le lendemain, il se rendait près d'elle,
pour accabler cette fois Diomède sans ménagement, et le perdre tout à fait dans l'esprit de sa
tante. Cette vengeance lui paraissait légitime et
sainte.

Ses visites à M<sup>me</sup> de Marande et ses entretiens
secrets avec elle furent, à partir de ce moment,
plus fréquents que jamais. La victoire qu'il voulait
remporter ne se fit pas attendre. Si le neveu avait
été de fer, M<sup>me</sup> de Marande était de cire. Il triom-
pha sans combattre, et, la veille d'une grande
fête, obtint de celle dont il dirigeait la conscience
qu'elle fit un testament par lequel elle léguait
tous ses biens à l'Église. L'abbé Tiberge voulut
prendre ce testament, le déposer chez le notaire,
mais M<sup>me</sup> de Marande s'y opposa, et exigea qu'il
le plaçât dans son secrétaire sous un lourd serre-
papier de marbre. L'abbé dut obéir, en se promettant bien de revenir à la charge, et d'obtenir
de sa pénitente que cet important papier fût
déposé en lieu plus sûr.

L'abbé Tiberge, dans ses visites quotidiennes,
ne manquait jamais de parler à M<sup>me</sup> de Marande
de son testament, et lui demandait sans cesse
si elle avait eu bien soin de le dater et de le signer,
deux conditions indispensables à la validité d'un
testament olographe. M<sup>me</sup> de Marande le rassu-
rait, et évitait ainsi la vérification que l'abbé
était toujours disposé à entreprendre.

La maison de M<sup>me</sup> de Marande n'était plus
tenue. Ses domestiques, que la présence de Dio-

mède avait un instant disciplinés, sachant que
le jeune homme ne devait pas revenir chez sa
tante, avaient repris toutes leurs mauvaises habitudes, et en étaient arrivés à ne plus servir du
tout. Parfois aucun d'eux n'était à la maison. Ils
laissaient leur vieille maîtresse seule dans sa
chambre ou dans son salon. L'abbé Tiberge,
qui avait à reconquérir sa popularité, ne leur
adressait aucun reproche, et essayait même parfois de les excuser. Il ne savait pas, l'imprudent
homme, ce que cette complicité coupable devait
lui coûter.

Trois mois après le voyage que l'abbé avait fait
à Paris, le feu prit au milieu de la nuit dans la
chambre de M^me de Marande. Les rideaux de son
lit communiquèrent le feu à ceux des fenêtres, puis
les flammes atteignirent les meubles, et en moins
d'une heure tout l'ameublement de sa chambre à
coucher fut réduit en cendres. Le feu ayant fait
sauter les vitres, les flammes sortirent par les
fenêtres, ce fut alors seulement qu'un passant,
qui traversait la rue à cette heure avancée de la
nuit, aperçut l'incendie, et cria au secours.

Les domestiques à moitié ivres se levèrent, les
habitants accoururent ; on s'efforça d'éteindre
l'incendie qui, du rez-de-chaussée où il avait

éclaté, menaçait de gagner l'étage supérieur.
Toute la population d'Alençon était sur pied. On
parvint avec beaucoup de peine à se rendre
maître du feu et à l'empêcher d'étendre ses
ravages. On put alors pénétrer dans la chambre
de M^me de Marande. On la trouva morte dans son
lit et à moitié carbonisée. L'abbé Tiberge, qui
était arrivé un des premiers, fit enlever le corps
qui fut déposé dans un pavillon séparé de la maison. On apporta un crucifix, puis on alluma des
cierges. Cela fait, l'abbé, suivi des domestiques,
revint dans la chambre pour enlever les objets
précieux qu'elle renfermait.

Il fut interrompu dans son opération de sau-
vetage par l'arrivée du juge de paix qui, en l'absence de Diomède, l'héritier naturel de la défunte,
se présenta pour apposer d'office les scellés.
Aussitôt après, ce magistrat adressait une dépêche
à Diomède pour l'informer de ce malheur et l'engager à arriver tout de suite.

L'abbé Tiberge pâlit. Il devina le coup qui le
frappait. Son émotion s'accrut encore lorsque s'approchant du secrétaire, il le vit entièrement brûlé.
Le juge de paix saisit les papiers à moitié détruits
par les flammes et les emporta, ainsi que l'or et
l'argent qu'il put retrouver au milieu des cendres.

Le lendemain on ne parla dans Alençon que de ce déplorable accident, qui avait causé la mort d'une femme respectable appelée à juste titre la providence des pauvres. On était unanime à blâmer l'indifférence et la paresse des quatre domestiques, qui n'avaient su ni garder leur maîtresse, ni lui porter secours.

Quelques heures après, Diomède arrivait. Son premier soin fut de questionner ces indignes serviteurs. Il apprit que trois d'entre eux s'étaient attardés la veille au soir dans un cabaret, et étaient rentrés presque gris. Quant à la femme de chambre, au lieu de se coucher auprès de sa maîtresse, ainsi qu'elle en avait l'habitude, elle s'était installée dans une chambre éloignée où il y avait un lit plus moelleux que le sien. Il voulut savoir de quelle façon l'incendie s'était produit.

Il en fut réduit à supposer que sa tante, qui avait l'habitude imprudente de lire dans son lit, avait mis le feu elle-même à ses rideaux.

Tandis qu'il procédait à cette enquête avec une sollicitude témoignant de son profond chagrin, il fut mandé par le juge de paix. Il se rendit auprès de lui, et apprit alors que le testament de sa tante avait été brûlé. Le feu en le détruisant, avait fait acte d'ironie. Ce testament enfermé dans le secrétaire, se trouvait placé sous un serre-papier de marbre assez lourd. Les flammes avaient brulé tout ce qui n'était point couvert par le serre-papier, c'est-à-dire le haut de la page où était la date, et le bas de la page où se trouvait la signature de la testatrice. Par suite de cette mutilation il n'avait plus aucune valeur, puisqu'il manquait des deux énonciations que la loi prescrit sous peine de nullité. Le juge de paix rassembla ce qui restait de ce papier brulé et alla le déposer entre les mains du président du tribunal, conformément à la loi.

Diomède fit venir maître Loiseau, notaire de sa tante, et lui demanda si ce testament dont on pouvait encore lire le contenu était valable. Le notaire lui assura qu'il n'avait aucune valeur et qu'il pouvait se considérer comme l'héritier incontestable et légitime de sa tante. Ce fut aussi l'avis du président du tribunal.

Pendant ce temps-là l'abbé Tiberge était à la recherche de jurisconsultes professant une opinion contraire. Il s'en trouva pour lui affirmer que le cas était douteux, et l'engager à courir les chances d'un procès qu'on intenterait à la requête du personnage de complaisance que Mme de Marande avait désigné comme légataire universel.

Mais Diomède, bravant ses menaces, voulut tout de suite faire acte d'héritier. Il fit célébrer d'abord avec beaucoup de pompe les funérailles de sa tante, auxquelles assistèrent tous les habitants d'Alençon et une foule nombreuse de personnes venues de Paris et des environs. Le corps fut déposé dans la sépulture de la famille de Marande située au milieu du cimetière d'Alençon.

Après l'accomplissement de ce triste devoir, Diomède prit deux décisions. Il mit à la porte les quatre domestiques de sa tante, sans leur donner un denier de plus que le montant de leurs gages, puis il remit au nom de sa tante, au curé de sa paroisse, vingt mille francs pour les pauvres. Cela fait, il attendit de pied ferme les poursuites dont l'abbé Tiberge le menaçait.

Ce pauvre homme était en proie à la plus dure et à la plus amère des déceptions. Le hasard s'était chargé de faire crouler toutes ses espérances et de réduire à néant pour toujours ses perfides machinations. A cette grande douleur s'en ajoutait une autre, celle de n'être plaint par personne. La place n'étant point tenable, il jugea prudent, pour ménager son amour-propre, de quitter Alençon un instant et de se réfugier à Séez, où il espérait rencontrer de bonnes âmes qui daigneraient peut-être compatir à son infortune.

Diomède, au contraire, était entouré et félicité de toute part. Il se montra fort attristé de la mort de sa tante, qu'il ne trouvait responsable à aucun degré du préjudice qu'elle aurait pu lui causer. Il fut aussi très-réservé à l'égard de l'abbé, et avec un tact exquis crut devoir s'abstenir de toute réflexion. Après avoir rendu visite à ceux qui lui avaient témoigné de la sympathie, il se décida à retourner à Paris. Il avait rencontré la comtesse Palmyre de Langeais, et n'avait pu se défendre de tressaillir à sa vue. Il l'aimait toujours, plus que jamais, et plus que jamais il voulait la fuir, espérant qu'avec le temps il parviendrait à oublier ce grand chagrin de sa vie.

Dès son retour à Paris il écrivit à maître Loiseau, son notaire, de venir le trouver. Celui-ci accourut aussitôt.

— Mon cher tabellion, lui dit-il, ne craignez pas de venir toutes les fois que je vous ferai demander. Vous allez liquider la succession de ma tante et trouver dans cette opération tous les honoraires que vous voudrez. Je ne marchanderai pas avec vous. Si j'ai des caprices, si je vous fais venir souvent ici, mettez tous ces

frais-là sur la note, et calculez-les largement.
L'opération telle que je la comprends est d'ailleurs bien simple. Je veux vendre le château de
Saint-Paterne, les fermes, les bois et la maison
d'Alençon, en un mot tous les biens immeubles
que possédait ma tante, à l'exception du petit
bois de la Jarretière attenant au parc de Saint-
Paterne. Vous allez aliéner tout cela en gros ou
en détail; vous morcellerez, vous diviserez, vous
ferez pour le mieux. Vous réaliserez le montant
de toutes ces ventes, et vous me l'apporterez en
monnaie d'or ; je ne veux ni billets ni argent. Vous
aurez la bonté de me faire remettre le plus tôt
possible l'argent comptant que ma tante pourrait
avoir déposé chez vous, chez son banquier et chez
le receveur général. Quant aux meubles, au linge,
à l'argenterie, aux chevaux, aux voitures, vendez-
les, et ne réservez que les meubles dont ma tante
se servait pour son usage particulier. Conservez
aussi ses bijoux, si par hasard ils ont échappé à
cet incendie étrange qui, loin de m'appauvrir, me
fait au contraire millionnaire.

— Rien n'est plus simple que de vous contenter, et dès mon retour je vais me mettre à
l'œuvre.

— Mais, interrompit Diomède, si à propos du

testament on me fait un procès et on me conteste
l'héritage, est-ce que vous pourrez exécuter mes
volontés?

— Jusqu'à présent, je n'ai pas entendu parler
du procès dont on vous a menacé. D'abord, si on
vous l'intentait, on le perdrait. Nous en serions
quittes pour en attendre le résultat définitif.
Mais on ne vous le fera pas. La loi est pour
vous.

— Je le crois ; cependant, il faut s'attendre à
tout. Notre législation ne prononce pas, comme
celle des Romains, de peines contre les plaideurs
téméraires. C'est là une lacune grâce à laquelle
il est permis aux gens quinteux et de mauvaise
foi d'importuner les juges et d'inquiéter les
honnêtes gens.

— Nous ne pouvons, reprit maître Loiseau,
deviner les intentions de nos adversaires. Ma
conviction est qu'ils ne bougeront pas. L'opinion
publique leur a fait comprendre assez brutalement qu'ils n'avaient aucun droit sur cet héritage. En tout cas, par ce seul fait que je vais
vendre conformément à l'ordre que vous m'en
donnez, je les mets en demeure d'agir et de formuler leurs prétentions. Nous verrons bien, ou
plutôt, croyez-moi, nous ne verrons rien.

— Que Dieu vous entende! dit Diomède;
retournez à Alençon, et vite en besogne.

Maître Loiseau, stimulé par le beau chiffre
d'honoraires auquel il allait avoir droit, ne perdit
pas un moment. Il apprit que l'abbé Tiberge se
remuait beaucoup et avait réuni un congrès
d'avocats pour connaître leur avis au sujet
de ce testament annulé et vicié d'une si singulière façon. On délibéra longuement, on com-
pulsa les recueils de jurisprudence et après des
conférences réitérées, il fut décidé qu'il n'y avait
rien à faire et que toute revendication serait
repoussée par la justice.

En moins de six mois, maître Loiseau parvint à
vendre à des prix fort élevés les excellentes terres
de M$^{me}$ de Marande. Il trouva aussi des acqué-
reurs pour le château de Saint-Paterne et pour
la maison d'Alençon. Le montant de toutes ces
ventes, ajouté à l'argent comptant placé en divers
endroits, s'éleva à près de quatre millions qu'il
s'en alla porter à Paris à Diomède. Celui-ci tint
ce qu'il lui avait promis et se montra magnifique.
Il doubla le chiffre des honoraires auxquels maître
Loiseau avait droit d'après la taxe et il lui promit
de rester client de son étude.

Le bois de la Jarretière tenant au château de

Saint-Paterne, le seul coin de terre que Diomède eût conservé, fut entouré de murs. Un beau jour, sans avoir prévenu personne, il vint visiter ce bois. Des ouvriers qui l'accompagnaient apportaient une grille en fer artistement travaillé qu'il leur fit placer à un endroit du bois qu'il désigna. C'était celui où il s'était assis avec M<sup>me</sup> Palmyre le jour où il lui avait offert un bouquet et parlé pour la première fois. Cette clôture devait empêcher tout profane de fouler la place où cette divinité avait laissé l'empreinte de son pied.

Cette grille intrigua beaucoup les habitants d'Alençon, qui ne pouvaient deviner à quel tendre souvenir elle se rattachait. Bien qu'il n'y eût là rien d'intéressant, la curiosité fut excitée à ce point de faire d'une visite à cette grille le but d'une promenade. Toute la ville d'Alençon alla la voir. Quand un voyageur arrivait, on ne manquait point de la lui signaler comme une des curiosités des environs. On se creusait la tête à chercher ce qu'elle pouvait bien protéger, et comme Diomède n'avait révélé ses intentions à personne, tous se perdaient en conjectures.

Un jour, le comte de Langeais voulut aller la visiter. Il était accompagné de M<sup>me</sup> Palmyre de

8.

Langeais, sa femme. Il admira cet objet d'art merveilleusement travaillé et demanda à la comtesse pourquoi on l'avait posé en cet endroit solitaire.

— C'est, reprit la comtesse, en souvenir d'une femme que M. Diomède a beaucoup aimée et qu'il a rencontrée là pour la première fois.

— Et quelle est cette femme?

— La vôtre, monsieur le comte, répondit Palmyre en pleurant.

## DEUXIÈME PARTIE

Diomède avait vingt-sept ans; il était beau, instruit, doué d'une santé de fer, possesseur de deux cent mille livres de rentes, et, don plus précieux encore, il avait une foi absolue en lui. Certes c'étaient là de grands avantages, mais par exubérance de nature, par besoin immense de vivre, il les trouvait à peine suffisants. Dans ses exaltations et ses enthousiasmes, il ne comprenait la vie qu'avec cinq cent mille livres de rentes et avec l'impunité dans l'abus. Il naît par ci par là, dans notre milieu social, des organisations puissantes, monstrueuses si l'on veut, qui pensent que la nature n'a pas assez fait pour elles, et qui trouvent les lois étroites et gênantes. On les prend en général pour des malades qu'il faut soigner et protéger, afin de ne point permettre à leurs débordements de se produire. On parvient à dompter ceux qui n'ont que l'apparence de cette énergie, mais on ne peut rien contre ceux qui la possèdent réellement. Les romanciers auxquels on fait le reproche d'inventer des types excessifs, n'ont pu au contraire élever les personnages rêvés par leur imagination au niveau de certaines individualités qu'il plaît parfois au hasard de lancer dans un monde qu'elles épouvantent et qui leur fait pitié. Don Juan et Faust ont existé, et renaîtront infailliblement pour nous étonner encore par ces folles équipées, qui bien que ne prenant point rang dans les fastes de l'histoire, dépassent cependant en originalité et en prestige les exploits vulgaires, monotones, et corrects qui forment tout le bagage des héros de second ordre. Pour ces individualités, ces deux choses convenables qu'on appelle *le naturel* et *la simplicité* n'existent pas. Ils ont été faits non

pour ressembler au commun des martyrs, mais
pour en différer, non pour accepter les solutions
pratiques, mais pour aspirer à des buts inconnus.
Quel est le sage, celui qui chemine tout doucement à travers les sentiers battus, qui le condui-
ront à sa fin, ou cet aventurier téméraire qui ne
laissera prendre à la mort qu'une dépouille ayant
su frémir au contact de toutes les sensations?

Diomède était un de ces aventuriers. Quand il
était pauvre, il s'était présomptueusement peut-
être senti de force, rien qu'avec sa plume, à sortir de la foule, et à faire partie de ceux qui ont
le privilège de fixer l'attention de leurs contem-
porains. Il voulait être quelqu'un. Il comprenait
que, grâce à sa fortune, cette tâche allait être désormais fort simplifiée. Bouleverser Paris lui-même
et déconcerter le vulgaire, tel était le résumé de
son programme. Sans mépriser aucunement
Brummel et d'Orsay, il enviait cependant un prestige d'un ordre plus élevé que le leur. Pour lui
l'élégance de la mise n'était qu'un détail. Il ne
tenait pas du tout à devenir l'*arbiter elegantia-
rum*. Doter l'Observatoire d'un instrument d'un
grand prix, accorder à un savant ou à un lettré la
facilité d'accomplir une mission utile, étaient à
ses yeux des dépenses intelligentes et préféra-

bles à celle qui eût consisté à acheter chez un
joaillier des perles noires ou des saphirs pour
orner ses cravates.

Il avait la passion des belles choses, et une
prédilection particulière pour les livres rares, les
tapisseries anciennes, et les émaux de la Chine
et du Japon. Il va sans dire qu'il s'était mis à la
recherche de ces divers objets. En peu de temps
il se trouva affilié à tout ce monde de Paris et de
Londres qui a pour spécialité le trafic des *bibelots*. Chaque jour on venait le tenter, et lui proposer des raretés merveilleuses. Il était d'une faiblesse à laquelle il ne devait résister que quand
il en serait arrivé à posséder tout ce qu'il fallait
pour décorer le bel hôtel qu'il avait acheté dans
l'avenue Gabriel. Nos meubles, nos ustensiles ordinaires l'exaspéraient. Il avait à cet égard des
théories sans doute exagérées, mais cependant
soutenables. Il prétendait que si la beauté de la
race, si la distinction et les belles manières dé-
croissaient, cette décadence avait pour cause
principale l'influence causée par le voisinage con-
tinuel de tous ces modèles grossiers, farouches
et laids. Placé en face de ces pendules représentant Marius sur les ruines de Carthage, le Temps
faisant passer l'Amour, ou l'Amour faisant passer

le Temps, un berger joufflu offrant une rose à une bergère également joufflue, ou bien encore un troubadour avec des manches à crevés et une toque crénelée, le mettaient en fureur.

Après un an d'attente pendant lequel des architectes et des tapissiers avaient accompli, disaient-ils, des prodiges d'activité, il alla s'installer dans son hôtel, où avaient été placés avec soin les tapisseries, les émaux cloisonnés, les meubles anciens, les tableaux, les pendules et toute sorte de raretés. L'antichambre, le salon flanqué de deux petits boudoirs, la salle à manger, la chambre à coucher, le fumoir et le cabinet de travail étaient décorés avec autant de luxe que de variété. Partout des étagères de forme originale craquaient sous le poids des bibelots, des colifichets et des riens charmants. L'Égypte, ! Grèce, l'Inde, la Chine, le Japon y étaient représentés par les échantillons les plus exquis. A côté brillaient avec non moins d'éclat des objets du moyen âge, de la renaissance et du dix-huitième siècle. Tout ce que les artistes avaient imaginé de plus charmant depuis Cléopâtre jusqu'à la Pompadour, était là représenté, brillant avec tout l'orgueil et toute l'insolence de l'inutilité. Les tapisseries dont était tendu le grand salon, ressemblaient à des peintures à fresque sur des murailles de laine. Elles donnaient à ce salon un aspect sévère et royal.

Toutes les pièces du rez-de-chaussée donnaient sur un grand jardin d'hiver dont l'élévation égalait celle de l'hôtel. Ces vastes proportions avaient permis d'y apporter des palmiers et des plantes aux feuilles gigantesques venues des Indes et des tropiques. L'hiver, des camélias blancs, rouges et panachés portaient des milliers de fleurs. Au milieu de la serre s'élevait un petit rocher caché sous des mousses fines comme de la mousseline et toujours arrosées par l'eau qui jaillissait au sommet pour retomber dans une large vasque. Un peu plus loin, dans une grande volière s'agitaient et chantaient des oiseaux au plumage incroyable, puis au-dessus des arbres, on découvrait des perroquets de toutes les couleurs, perchés sur des anneaux. Ces beaux oiseaux étaient en faïence, mais si bien imités qu'on les croyait vivants. Enfin aux extrémités on avait ménagé de petits compartiments isolés du jardin, et maintenus à une température de quarante degrés, dans lesquels des raisins et des ananas mûrissaient nonchalamment.

Diomède était déjà fort avantageusement connu dans le monde des marchands. Sa réputation

d'amateur était faite. Après son déjeuner, alors
que selon son habitude il était dans son jardin
d'hiver, un de ses domestiques vint lui annoncer
son marchand de chevaux. Il lui amenait un
cheval de selle unique selon lui, et plus parfait
que tous ceux que possédaient les rois de l'Europe
et les pachas de l'Asie. C'était un cheval de cinq
ans, gris fer presque bleu, avec la crinière et la
queue d'un noir d'ébène. L'animal piaffait dans la
cour, rongeant son mors couvert d'écume. Il était
fier, coquet, patricien, vaillant, et semblait
attendre qu'un paladin parût pour le monter.
Diomède, séduit par la fierté de ce bel animal,
l'acheta sans hésiter, le fit mettre à la place
d'honneur dans ses écuries, puis retourna dans
son jardin pour continuer ses réflexions philoso-
phiques.

On vint encore le déranger. Cette fois c'était un
Arménien arrivant de Moscou qui demandait à le
voir pour lui vendre des topazes. Il ne le reçut
pas et l'autorisa cependant à revenir plus tard.
Après celui-là il fit condamner sa porte.

Pendant son deuil il avait vécu très-retiré, refu-
sant les invitations de ses amis. Mais ce prétexte
n'existait plus, et il était convié de toute part. Il
devinait les succès qui l'attendaient. Hélas! ces

succès le tentaient peu. Ses pensées étaient ailleurs. Il pleurait Palmyre et ne songeait qu'à elle.
Assis près d'un palmier, il contemplait sans cesse
la petite cassette renfermant le mouchoir et la lettre. Cette boîte était placée près de lui sur une
table de cuivre doré recouverte d'une mosaïque.
Alors il prenait des attitudes étranges. Qu'on se
figure un dévot vénérant des reliques et plongé
dans les plus vagues extases. Il paraissait si complétement absorbé, son oubli de la terre était si absolu,
qu'on eût été tenté de le prendre bien plus pour un
anachorète avide de solitude, de macération et de
pénitence, que pour le possesseur de cette brillante et mondaine demeure. Mille pensées confuses, bizarres traversaient son cerveau, et le
faisaient passer d'une immobilité complète à une
agitation fiévreuse. Alors il se levait d'un bond,
parcourait à grands pas le jardin, et allumait un
cigare qu'il fumait avec rage. Il se sentait dominé,
anéanti par une hésitation qu'il n'avait point le
pouvoir de faire cesser. Il jurait à Palmyre de ne
vivre que pour elle, puis ce serment à peine
achevé mentalement, il s'apprêtait à courir le
monde, dût-il être exposé à se manquer de
parole et à devenir parjure. Bien qu'aucun lien
ne le retînt, qu'aucune voix ne s'élevât pour

9

plaider la cause de l'absente, il n'en était pas
moins enchaîné, et cherchait vainement le
moyen de résoudre le cas de conscience en présence duquel il se trouvait. Son érudition lui
permettait de faire défiler les unes après les autres
les sentences et les maximes que les plus grands
moralistes avaient imaginées à propos de l'amour.
Ce verbiage, ce fatras prétentieux lui parurent
absurdes et faux, et lui prouvèrent jusqu'à l'évidence que tous ces beaux diseurs n'avaient jamais
été amoureux. Il en conclut que la question était
insoluble, et que Musset l'avait peut-être un peu
moins mal comprise que les autres, quand il avait
dit :

« . . . . . . . Amour, étrange nature,
« Vit d'inanition et meurt de nourriture ! »

Cette pensée, frivole en apparence, qui lui vint
par hasard à l'esprit, exerça tout de suite une
épouvantable influence. Peut-être bien parce
qu'il avait beaucoup étudié la scolastique et écrit
une thèse sur les disputes d'Abeilard et de saint
Bernard, ces docteurs quintessenciés par excel-
lence, cette ingénieuse façon de parler des contradictions inexplicables de l'amour le frappa
beaucoup, puis lui suggéra des clartés soudaines
auxquelles succédèrent des résolutions viriles.

Musset, avec sa misanthropie dédaigneuse, son dilettantisme nonchalant et sa subtilité perfide avait résolu le cas de conscience qui le déconcertait si fort, et sur lequel des penseurs plus austères ne lui avaient rien appris. Ses doutes furent levés, ses scrupules s'évanouirent, et il eut conscience d'avoir retrouvé son libre arbitre. Il lui sembla que son cœur endormi se réveillait, et qu'il allait enfin pouvoir sortir de cette indifférence glaciale qui avait jusqu'alors tempéré toutes ses ardeurs et torturé sa jeunesse.

C'est le propre de la nature humaine d'être faillible et de se dérober au sacrifice. On cesse d'être sublime pour devenir vulgaire. La foi, d'abord robuste, qu'on porte en soi, hésite, vacille et se sent vaincue. C'est ainsi que Diomède, qu'on aurait pu croire résigné à tout, allait songer à se consoler, puis sacrifier un souvenir poé tique à de grossières faiblesses, et quitter la pléiade radieuse des amoureux, pour grossir la phalange des libertins. Il se peut que les âmes romanesques le trouvent sans excuse et le dépouillent de tout son prestige; mais pour que cette sévérité fût légitime, il faudrait savoir d'abord si notre pauvre nature, composée de cet esprit qui est vif et de cette chair qui est fai-

ble, ainsi que l'a dit l'Evangile, comporte de
telles abnégations, et si celui qui succombe a reçu
du ciel assez de force pour échapper à la chute.
Certes Diomède ne manquait ni d'amour, ni de
courage, ni de témérité, mais la passion qui cou-
vait en lui n'avait point obscurci sa raison. Palmyre était à jamais perdue pour lui. Elle était
toujours belle, mais sa beauté avait été souillée,
flétrie, comme le sont les roses au contact des
insectes immondes. La profanation était irréparable ; ni ses larmes, ni ses sanglots, ni ses dé-
solations n'eussent pu la racheter. Sa destinée
ne devant pas être immolée à cette fatalité,
il redevenait libre, et pouvait sans trahison, et
sans infidélité à celle qui n'existait plus pour
lui, demander aux vaines et frivoles joies de
ce monde, un adoucissement à son profond
chagrin. La précieuse cassette fut reportée dans
sa chambre et dissimulée sous un rideau, comme
le sont en Espagne les madones qui ne doivent
point voir ce qui s'accomplit autour d'elles. Ce
rideau, très-transparent, laissait voir les barreaux
en fer sculptés qui enfermaient la cassette et la
mettaient à l'abri de toute profanation.

Il lui fallut très-peu de temps pour attirer sur sa personne tous les regards de Paris. Il fit sensation au bois de Boulogne lorsque, pour la première fois, il y alla monté sur *Tancrède*, son magnifique cheval gris fer. On le suivait avec curiosité. Les oisifs qui s'en vont là tous les jours ne savaient ce qu'ils devaient le plus admirer, de la grâce et de l'élégance du cavalier, ou de l'allure superbe de son coursier. Il fit beaucoup d'envieux, et surtout beaucoup d'envieuses. Dans ce monde frivole du *high life*, comme on le désigne niaisement aujourd'hui, plutôt que de dire le grand monde, il n'était plus question que de lui, et ce qu'il y avait de remarquable, c'est qu'il inspirait autant de sympathie aux hommes qu'aux belles dames. Les gazettes s'emparant de sa personne en firent le héros de toutes sortes d'aventures. Bientôt il eut sa légende. On ne parlait que des gains considérables qu'il réalisait dans les cercles au baccarat, et sur le turf avec des paris sur les chevaux. Une fois, dans une soirée, il avait dit la bonne aventure à deux dames avec la permission de leurs maris. Il avait lu clairement dans les plis de la main d'une blonde, et tiré les cartes à une brune, et dit à toutes deux d'aimables vérités. On s'accordait à recon-

9.

naître qu'il portait dans son regard le don de divi-
nation. Il sut mettre le comble à sa célébrité à
l'aide d'un procédé bien simple. Il apprit que le
grand prix du derby anglais avait été gagné par
un cheval appartenant à un tailleur, et que ce cheval était engagé dans le grand prix de Paris. Il le
fit acheter moyennant cent mille francs. Le cheval courut et arriva premier très-facilement. A
partir de cet instant, il fut proclamé le dieu du
jour. Un autre aurait eu l'idée de venir à cheval
de Saint-Pétersbourg à Paris sans s'arrêter, ou de
descendre la Loire en nageant, que les chroni-
queurs n'auraient plus daigné lui accorder quatre
lignes dans leurs articles. Qu'étaient de telles
prouesses à côté de celles accomplies par Diomède.

Il était attiré dans tous les mondes, où grâce
à son esprit charmant, à sa courtoisie parfaite et à
son originalité, on lui faisait toute sorte d'avances.
On ne jurait plus que par lui dans le faubourg
Saint-Germain et dans le faubourg Saint-Honoré.
Les hommes politiques aimaient à entendre ses
fugues et ses boutades. Les Américaines, les An-
glaises et les Russes le proclamaient le dernier
marquis. Il était l'âme de toutes les fêtes. Lorsqu'adossé à la cheminée il tenait le dé de la conversation, on faisait cercle autour de lui. Il avait

le don de la parole et s'arrangeait de façon à pouvoir tout dire et tout raconter. Les mères prétendaient que les jeunes filles pouvaient l'entendre sans danger. Les jeunes maris seuls le
trouvaient inquiétant.

Dans les cercles dont il était membre, il faisait
grande figure; il était aimé des vieux et un peu
jalousé par les jeunes. Il ne pouvait en être autrement, par la raison que Diomède avait toujours
réalisé, dès la veille, ce qu'ils projetaient de
faire le lendemain. Il les dépassait en élégance,
en prodigalité, et les devançait jusque dans leurs
amours. Aussi les jeunes ne voyaient-ils en lui
qu'un précurseur gênant, les réduisant à glaner
dans les champs qu'il avait saccagés avant eux.
Il politiquait avec les uns, médisait avec les
autres, et les faisait pâlir tous, grâce à l'éclat et
à la verve de sa conversation. Hors de ses livres,
Diomède affectait d'être aussi futile, aussi léger
que ceux qui en étaient réduits à ne pouvoir être
que futiles et légers. Mais dès qu'un personnage
important paraissait, il se dépouillait de sa frivo-
lité pour lui offrir un contradicteur avec lequel il
y avait à compter.

Il jouait rarement, et ne daignait toucher aux
cartes que quand la partie était très-animée. Alors

on le voyait jouer le piquet à un louis le point,
ou tenir le baccarat à banque ouverte. C'était
avec un geste superbe qu'il prenait son portefeuille dans sa poche, pour en extraire un chèque de cent ou de deux cent mille francs sur la
Banque de France. Il jetait ce chiffon de papier
en pâture à la voracité des joueurs. Au jeu
comme à la guerre, la victoire est presque toujours du côté des gros bataillons. Aussi Diomède, qui les possédait, réalisait souvent des gains
considérables ; selon une expression technique, il
avait beaucoup d'estomac, et demeurait calme
dans la perte comme dans le gain. Il puisait cette
tranquillité dans la certitude acquise d'avance
qu'aussi loin que le menât le jeu, il ne pouvait
mettre sa fortune en péril, étant bien résolu de
ne point la risquer. Une fois cependant, il se
laissa entraîner fort loin. Il luttait d'audace et
de prodigalité avec un Turc et un Italien. Vers
trois heures du matin, il perdait deux cent mille
francs. Il en était à son dernier chèque. Il le mit
en banque, et en une seule taille il regagna sa
porte, fit sauter la cagnotte et mit à sec le Turc et
l'Italien. A neuf heures du matin, Diomède et ses
partners cartonnaient encore à la lueur des bougies, bien que le soleil levé depuis longtemps en

fit pâlir l'éclat par ses rayons. La partie se ter-
mina d'une façon très-dramatique. Le Turc qui
n'avait plus rien, et dont le crédit était épuisé,
enleva d'un de ses doigts une bague merveilleuse, la posa sur la table et demanda à Diomède
s'il voulait jouer dix mille louis sur parole. Notre
héros consentit et donna des cartes. Le Turc
abattit huit, et proposa à son adversaire, qui n'a-
vait point vu les siennes, de doubler le coup. Diomède accepta, et avec un flegme dépourvu de
toute affectation, abattit neuf !

La partie prit fin, Diomède se leva, alluma un
cigare, et monta dans sa voiture qui l'attendait
depuis cinq ou six heures à la porte du cercle.
Une pauvresse, qui allaitait un enfant et en traînait deux autres après elle, lui demanda l'aumône, disant qu'elle n'avait ni pain ni ouvrage.
Diomède lui donna cent pièces d'or, et pour se
soustraire aux remercîments et à l'ahurissement
de la pauvre femme, ordonna à son cocher de
partir à fond de train.

Mais la femme étant restée là, raconta son
aventure aux passants qui s'attroupèrent. Un
monsieur couvert de fourrures fut de cet avis,
qu'un fou pouvait être seul capable d'un tel acte
de prodigalité. Il conseilla à la femme, pour se

mettre à l'abri de toute revendication, d'aller
chez le commissaire de police et de lui déposer
cette somme ; ce conseil fut accepté. Le commissaire reçut la déposition de la mendiante, et fit
une enquête. Dix jours après, Diomède fut mandé
au commissariat et confronté avec la pauvresse.
Au milieu d'un éclat de rire, il affirma à ce fonc-
tionnaire qu'il jouissait de toute sa raison, et lui
enjoignit de remettre les deux mille francs à la
mendiante. Il y ajouta cinq cents francs, puis des
bonbons pour les enfants, et supplia le commissaire de le laisser tranquille.

Quant au Turc que Diomède avait si maltraité,
il lui demanda un mois de crédit, juste le temps
nécessaire pour faire vendre les moutons de
ses troupeaux d'Anatolie. Trente jours après, ce
mécréant lui apportait sa libération.

Cette vie de plaisir à laquelle s'abandonnait
Diomède en attendant qu'il fît un usage plus sérieux de son temps, lui valait des distractions
sans doute, mais le laissait sans illusions. Il trouvait le monde des salons et des cercles plus pro-
saïque qu'élégant. Les femmes surtout lui paraissaient inférieures. Il s'était figuré que les coquettes dont la race est immortelle disposaient toujours d'autant de malice et d'esprit que Molière

dans le *Misanthrope* en avait accordé à Célimène et à Arsinoé, oubliant que le milieu social si prodigieusement élégant qui se reflétait dans cette comédie, avait à jamais disparu pour faire place à notre désolante médiocrité. Lui qui avait vécu par la lecture, dans la société des beaux esprits, en était arrivé à croire que ce temps durait toujours, et qu'en cherchant bien il finirait par découvrir dans leurs boudoirs quelques femmes adorables ayant su conserver le grand air et les grandes manières de leurs aïeules. Sa déception fut profonde, lorsqu'après avoir fait le tour de Paris, après avoir visité tous les salons et conversé avec toutes les femmes à la mode, il se vit contraint de reconnaître qu'il y avait encore des femmes jolies, mais que la plupart ne savaient plus ni causer ni surtout écrire de ces petits billets exquis qu'on ne peut parcourir, même à cette heure, sans se sentir épris de l'adorable créature qui les a griffonnés. Ce n'était pas sans concevoir beaucoup de tristesse, qu'un dilettante comme lui privé des élégances qu'il rêvait se sentait réduit à un si maigre ordinaire. Sans une théorie particulière qu'il avait heureusement en réserve, Diomède ne se serait point consolé. Cette théorie consistait à admettre que la femme étant un être

passif qui ne peut briller qu'autant qu'un homme
sait l'inonder de ses rayons, c'était à lui à devenir de force à jouer ce rôle d'astre et à demander
à son propre mérite de faire surgir à ses yeux des
belles dignes de ses hommages et de ses convoi-
tises.

Je vois d'ici les âmes romanesques toutes prêtes à s'élever contre Diomède, lui reprocher sa fatuité et lui rappeler qu'il n'était après tout qu'un
simple mortel. Je les entends accabler d'invec-
tives ce beau Ténébreux qui trouvait la terre indigne de lui, et affectait de ressentir la nostalgie
du ciel. Contenez-vous, âmes romanesques, et
n'oubliez pas qu'il n'était en réalité qu'un pauvre
être malade pour lequel il ne pouvait y avoir de
consolations ici-bas. Par instant sans doute on le
voyait céder à des mouvements de révolte et d'impatience et se bercer du fol espoir d'oublier son
chagrin, mais ce n'était là que des crises d'où il
sortait encore plus accablé : la petite cassette ne
contenait pas que les gages que lui avait donnés
Palmyre, il y avait aussi enfermé son cœur. Ainsi
s'expliquent son dépit et ses sévérités pour ces
êtres charmants auxquels, ne pouvant accorder
son amour, il n'était en droit de demander que
du plaisir.

L'idée lui vint d'aller à l'Opéra et d'occuper la loge qu'il n'avait pas donnée ce soir-là à ses amis. Il était, cela va sans dire, en habit noir et en cravate blanche. Cette tenue avait le privilége de le mettre toujours en fureur. Lui qui rêvait de porter des costumes brillants comme ceux des nababs, ne pouvait s'habituer à ces haillons tristes, sordides et prétentieux qui ne permettent pas de distinguer un amoureux d'un notaire, d'un commissaire-priseur, d'un pianiste ou d'un professeur d'algèbre. Il promenait sa lorgnette dans les loges occupées par des dames venues bien plus pour montrer leurs épaules que par amour de la musique. Toutes, obéissant à une sorte de mot d'ordre, applaudissaient certains morceaux désignés d'avance et qu'il était de suprême bon ton de saluer au passage. Elles applaudissaient aussi un *ut dièse* qu'un ténor avait coutume, quand il chantait cet opéra, de donner à dix heures et demie. Son *ut dièse* partait avec une régularité empruntée au canon du Palais-Royal. Ce malheureux ténor, pour franchir ce point culminant de la partition, devait avoir recours à un effort violent qui gonflait les veines de son cou autant que le sont celles d'un hercule qui porte trois femmes sur ses épaules et plusieurs poids de cinquante livres dans chaque main. Les mélomanes se pâmaient d'aise en entendant ce cri de passion, autant que si on leur eût montré un coin du paradis.

Après l'opéra vint un ballet dansé par une étoile payée aussi cher qu'un premier ministre. Le corps du ballet formait, cela va sans dire, son cortége. Elle avait toutes les qualités de son emploi, des pointes de fer, du parcours et de l'élévation. Elle se disloquait avec une grâce parfaite, et exécutait avec une précision de chronomètre le pas qu'un maître de ballet, sans enthousiasme et sans inspiration, avait dû trouver un matin dans quelque salle froide et délabrée du Conservatoire. L'étoile était fort aimée du public qui l'applaudissait à tout rompre, la bombardait de bouquets gros comme des gerbes, et ne la laissait sortir que pour la rappeler. Elle était d'ailleurs habituée à cette petite fête, et restait froide au milieu de son triomphe presque autant qu'avait dû l'être, de son côté, le maître de ballet qui avait trouvé le pas. Elle saluait l'orchestre, puis les loges de droite et de gauche où se trouvaient groupés et serrés les membres des principaux cercles. Chaque cercle obtenait le même nombre de révérences et d'œillades.

Malgré les dithyrambes des journaux qui chantaient en chœur les perfections de cette étoile, Diomède ne la trouvait pas remarquable, et cherchait avec sa lorgnette si, parmi les suivantes de cette Calypso, il ne découvrirait pas une rivale à lui opposer, sinon en talent, du moins en beauté. Tout à coup il discerna, parmi les jeunes filles qui se trémoussaient, un petit démon blond, au regard charmant et unissant beaucoup de grâce à beaucoup de gaîté. La pauvre petite, reléguée au troisième plan, perdue dans un groupe, n'en jetait que plus d'éclat. En sa qualité d'habitué de l'Opéra, il alla la voir au foyer de la danse, et la trouva encore plus exquise que sur la scène. Elle se nommait Arabelle, et ne portait ombrage à aucune de ses camarades qui semblaient persuadées qu'elle ne pourrait jamais sortir du corps de ballet. Elle excitait l'envie par d'autres côtés. D'abord, elle était fort jolie, et aussi instruite que jolie, écrivant avec esprit, et chargée par toutes les autres de composer les réponses qu'il fallait faire à leurs soupirants. Arabelle était leur secrétaire intime, et leur rendait de grands services, comme, par exemple, de leur épargner ces fautes d'orthographe ridicules qui ont été si souvent cause qu'une femme a perdu tout prestige, refroidi des cœurs enflammés et manqué les plus belles occasions.

La vie d'Arabelle était une légende qu'elle s'empressa de raconter à Diomède. Elle était née pendant la nuit de Noël, et avait été déposée à la porte du curé de son village qui, revenant de célébrer la messe de minuit, l'avait trouvée et recueillie. Une lettre cachée dans son maillot apprenait à ce curé que cette enfant était le fruit d'une faute. Celle qui l'avait commise confiait ce petit être innocent à sa charité, et désignait un notaire de Pleyben, près Châteaulin, comme muni de tout l'argent nécessaire pour subvenir aux frais de son éducation.

Ce brave curé l'avait fait élever au couvent. La pension avait été exactement payée par le notaire. A dix-huit ans, Arabelle, d'une beauté remarquable, était revenue chez le vieux curé, fort embarrassé de ce précieux dépôt. Peu de temps après, mandé par le notaire, il avait appris que la mère inconnue de cette enfant, étant à bout de ressources, ne pouvait fournir la dot promise.

Arabelle, en esquissant cette histoire à Diomède, était costumée en Andalouse. Elle portait une robe de satin jaune garnie de plusieurs rangs de dentelle noire. La jupe était courte et laissait voir

des pieds de Cendrillon chaussés de bas de soie à
jour et à coins d'or. Un peigne d'écaille d'une
grande envergure mordait dans ses cheveux
blonds accompagnés d'une rose naturelle toute
fière d'être là. Ses camarades bourdonnaient
autour d'elle et jouaient comme des enfants, tout
en se montrant fort intriguées par le beau cavalier avec lequel elle causait si intimement. Puis
parut un régisseur qui, chassant tout cet essaim
devant lui, les avertit qu'il fallait entrer en
scène.

— Votre récit m'intéresse, ma chère demoiselle,
lui dit Diomède, venez donc le terminer demain
chez moi, avenue Gabriel, n° 24.

Arabelle rougit, baissa les yeux et accepta.

Le lendemain vers midi, elle était assise près de
Diomède dans son jardin d'hiver.

— Vous en êtes restée hier, dans votre récit,
au moment où le notaire annonçait à votre
curé qu'il ne fallait plus compter sur la dot promise.

— Oui, reprit Arabelle. Alors M. le curé se
trouva fort embarrassé, et me signifia que je ne
pouvais rester plus longtemps à son presbytère,
parce que cela pourrait faire jaser les mauvaises
langues. Innocente comme je l'étais alors, et cela

10.

se passait il y a un an à peine, je ne compris pas du tout ce qu'il voulait dire,

— Mais maintenant vous comprenez?

— Un peu, reprit Arabelle en baissant les yeux.

Alors, ne voulant point causer de peine à cet excellent homme, je quittai mes beaux habits, j'endossai des robes de grosse toile, et je lui demandai la permission d'aller travailler à la moisson. Il y consentit, tout en me répétant que je devais le quitter et que le plus tôt serait le mieux. J'allai donc aux champs, abîmer mes mains qui étaient douces, je travaillai au soleil, et moi qui ai la peau blanche, je devins noire. Mais mes camarades me plaisantaient et disaient qu'une princesse comme moi n'était pas faite pour couper les blés ni pour porter des fardeaux. De son côté, M. le curé me fuyait, et semblait me reprocher de ne pas quitter assez vite sa maison. J'étais bien malheureuse. J'arrive à un instant de ma vie sur lequel je vous demande la permission de glisser. C'était l'époque des grandes chasses. De beaux messieurs de Paris arrivèrent en grand équipage. L'un me vit, me fit la cour, me promit tout. J'eus la faiblesse de le suivre à Paris. Il jetait l'argent par la fenêtre, mais un

matin son père vint le chercher et malgré ses
prières et ses promesses d'être raisonnable à
l'avenir, le ramena en province. Moi, restée seule,
j'allai par hasard frapper à la porte de l'Opéra.
On me trouva jolie, j'affirmai que je savais danser, on me fit entrer à la classe, puis paraître
sur la scène. Voici mon histoire. Si j'ai mal agi,
c'est parce que la fatalité s'en est mêlée ; que ne
suis-je tout simplement couturière, modiste ou
piqueuse de bottines ! Je danse, mais j'aimerais
bien mieux faire des chapeaux. On aurait bien
dû m'apprendre un état, et me laisser ignorer
tout ce qu'on m'a enseigné en pension.

— Mais, reprit Diomède, pourquoi êtes-vous
entrée au théâtre ?

— Parce qu'au couvent on nous faisait jouer
la tragédie. J'ai joué *Esther*, puis *Athalie*. Les
beaux costumes qu'on m'avait fait porter m'ont
tourné la tête. On m'a, je vous assure, donné une
bien singulière éducation. Je sais par cœur les
deux premiers chants de la *Henriade*. Voulez-
vous que je vous les récite?

— Non, pas pour l'instant. J'ai d'autres questions à vous adresser.

— Et moi, dit Arabelle, j'ai d'autres prières à
vous faire. D'abord, je vous prie de ne pas

dire à l'Opéra que je suis venue chez vous tout
de suite, mes camarades prétendraient que je
n'ai pas de tenue. Elles en font tout autant de
leur côté, mais c'est leur affaire. Si je suis venue
tout de suite, c'est parce que vous me plaisez et
que vous m'inspirez confiance; ensuite parce que
je vis seule dans un petit logement de la rue
Saint-Marc, ayant pour unique compagne ma
bonne femme de ménage avec laquelle je fais des
grabuges aux cartes, lorsque je n'ai pas à aller au
théâtre; ça n'est pas très-amusant. Je ne connais
personne à Paris, je ne retournerais pour rien à
Pleyben, parce que je rougirais de rencontrer le
curé, qui connaît ma faute, enfin je n'ai pas de
parents. L'autre jour j'ai rencontré une paysanne
de mon village avec laquelle j'avais travaillé aux
champs. Elle a envié mon sort, en me disant
que mes mains étaient redevenues blanches, tandis que les siennes qu'elle me montra étaient
rudes et déformées. Je l'ai fait entrer à l'Opéra.
Elle a entendu le *Prophète* et n'a pas compris
un mot.

En cet instant Arabelle se leva, entra dans le
salon et regarda avec curiosité un tableau placé
u-dessus d'une console.

—C'est fort gracieux ce sujet-là, dit-elle à Dio-

mède. C'est Esméralda dansant sous le balcon où
se trouvent la jolie mademoiselle de Gondelau-
rier et le beau capitaine Phébus. J'ai toujours
admiré cette scène de la *Notre-Dame de Paris*
de Victor Hugo.

— Mais où avez-vous donc appris tout cela?

— Pas au couvent; mais depuis on m'a prêté
ce roman, et je l'ai lu deux fois avec passion.

Et cette étrange fille continuant sa promenade
à travers les pièces de l'hôtel ouvrait de grands
yeux.

— Vous avez bien le temps de visiter toutes
ces choses-là, ma chère enfant, venez donc vous
asseoir, et permettez-moi de voir comme vous
êtes belle. Voyons, pardonnez-moi les questions
que je vais vous faire. Aimiez-vous votre amant?

— Non, parce que c'était un être frivole auquel on ne pouvait s'attacher.

— Était-il joli garçon?

— Pas du tout. Il était laid et avare. Il avait
toujours des billets de mille francs pour perdre
à son cercle; et à cause de sa vilaine passion,
il ne me donnait que fort peu de chose. Depuis
qu'il est parti, je dispose, il est vrai, de moins
encore, et j'ai dû vivre avec mes appointements
et un peu d'argent que j'avais mis de côté. Mais·

je suis au bout de mon rouleau, et il faut absolu-
lument que je devienne une grande danseuse,
ou que je trouve le moyen de me faire modiste.
Voilà mes châteaux en Espagne.

C'est ainsi qu'Arabelle racontait sa vie et exposait ses projets et ses espérances avec une franchise qui toucha Diomède. Il devina tout de suite
qu'il avait trouvé une petite créature qui s'ignorait
elle-même, et que sa bonne nature avait pu jusque-là protéger et maintenir honnête sinon pure,
dans le milieu corrompu où elle était tombée. Il
inclinait à croire qu'Arabelle malgré son enlève-
ment pouvait n'être pas plus pervertie qu'une
foule d'autres jeunes filles n'ayant point pareille
faute sur la conscience. Elle possédait une gaieté
et une insouciance qui lui inspiraient autant de
confiance que le sommeil du juste. Il n'aurait
point poussé l'aveuglement et l'amour du para-
doxe jusqu'à faire d'Arabelle une rosière, mais il
se sentait irrésistiblement attiré vers elle par une
sympathie réelle, et prêt à aviser pour écarter
un péril dont, grâce aux illusions charmantes de
son âge, elle semblait ne prendre aucun souci.

Arabelle devint donc tout de suite la femme
de ses rêves. Elle avait de l'esprit, une certaine
instruction et beaucoup de raison. Bien que se

sachant la victime d'une faute dont elle n'était
point responsable, elle ne murmurait pas du tout
contre sa destinée, et souriait au contraire à la vie
pleine d'aventures et d'incertitudes qui s'ouvrait
devant elle. Il trouvait ce manque de prudence
cent fois préférable à ces exigences que formulent
si souvent avec aigreur des femmes qui ne manquent de rien.

Diomède l'attirant près de lui la pria de décider
de quelle façon se terminerait cette entrevue.
Arabelle ne le comprenant pas bien, répondit
qu'elle avait abusé de son attention, trop prolongé sa visite, et qu'il était temps qu'elle se re-
tirât.

— Je ne l'entends pas ainsi, ma chère enfant;
vous m'avez dit que je ne vous déplaisais pas, je
m'empare de cet aveu pour vous prier de rester.
Vous êtes ici chez vous, en attendant que l'appartement que je vous offre soit prêt; vous deviendrez
une grande danseuse, ou une grande modiste, je
mets à votre disposition tout ce qu'il faudra pour
cela. Restez, je vous en conjure, et en signe d'ac-
ceptation, embrassez-moi.

Arabelle sauta au cou de Diomède, le remercia
avec effusion, et lui promit la plus tendre des
reconnaissances. Elle ne sortit point de l'hôtel,

et n'alla point le soir à l'Opéra. A partir de cet instant, elle prit une autre attitude et se sentit comme plus à l'aise dans cette somptueuse demeure. On la vit passer en revue les curiosités qui y étaient accumulées. Elle admirait les meubles, les tableaux, les statues, les colifichets des étagères, et surtout le vaste jardin d'hiver tout rempli d'arbustes en fleurs. Son étonnement fut à son comble, lorsque passant près d'un meuble en verre renfermant des bijoux, Diomède ouvrit ce meuble, et lui donna un bracelet d'or émaillé en noir et parsemé de diamants, puis des boucles d'oreilles en perles fines. Elle était folle et disait tout ce qui lui passait par la tête, faisant partager sa joie à Diomède et le ravissant avec son bavardage.

Peu de temps après, Arabelle s'installait dans un appartement magnifique que Diomède avait fait préparer. Sa femme de ménage la suivit, et fut promue aux fonctions de duègne. Elle fut de plus chargée de tenir la maison, de surveiller les domestiques et de vérifier si les cochers avaient soin des chevaux. Son élévation fit beaucoup de bruit à l'Opéra. Arabelle, toujours bonne fille, ne s'en montra point plus fière, mais malgré son affabilité ne put triompher des dépits qui se mani-

festèrent de tous les côtés. Elle se contentait de
dire que si la danse cessait de lui plaire, ou que
si on trouvait qu'elle déparait le corps de ballet,
elle savait où aller pour reposer sa tête. Elle inau-
gura cette vie nouvelle par un acte de charité.
Une mère d'actrice avait organisé une loterie
dont le produit était destiné au soulagement
d'une misère intéressante. Arabelle consulta
Diomède qui lui ordonna de prendre tous les billets pour elle et d'y ajouter mille francs. Du corps
de ballet, la nouvelle de cette élévation subite
vint à la connaissance des premiers sujets du
chant et de la danse. Quelques chanteuses assez
laides, dans l'excès de la jalousie, se contentèrent
de dire avec une pointe d'ironie qu'Arabelle
était perdue pour l'art.

Quant à Diomède, il ne dissimulait point à ses
amis le plaisir qu'il trouvait à voir cette enfant
autour de lui. Elle était la joie de sa maison, le
démon de son foyer. Elle reposait son esprit des
fatigues que lui causaient parfois les lectures
abstraites auxquelles il revenait toujours. Par
un de ces caprices que des influences occultes
s'avisent parfois d'inspirer à des originaux qui,
comme lui, sont assez riches pour se laisser
vivre et s'abandonner à toutes les extrava-

11

gances, il se plaisait par-dessus tout à se plonger dans les livres les plus austères et les plus tristes, alors qu'Arabelle installée près de lui, une cigarette à la bouche, allait et venait d'une chaise longue à un piano. Il prétendait que lus, à côté d'un petit être léger, frivole, gracieux, jouant avec une rose ou un morceau de dentelle, les foudres de Tertullien *contre les théâtres*, les emportements de saint Jérôme et les sermons de saint Thomas d'Aquin sur la *grâce* passionnaient davantage et frappaient plus vigoureusement l'esprit. Il lui arrivait, absorbé par les œuvres fortes de ces penseurs vigoureux, d'oublier tout à fait qu'Arabelle était là et de devenir dupe de lui-même à ce point, d'éprouver une surprise réelle en l'apercevant près de lui, souriante, aimable et toute joyeuse de le voir sortir de ses méditations. Alors Diomède l'appelait, se mirait dans ses beaux yeux et tordait dans ses doigts ses longs cheveux blonds au reflet couleur de rose, en proie à une émotion délicieuse qui ressemblait à celle qu'éprouverait un ermite perdu dans un désert s'il passait, sans transition, de sa solitude au milieu des splendeurs du paradis.

Par malheur, le souvenir de Palmyre revenait

à sa pensée et l'arrêtait dans ses transports. Arabelle se montrait tendre et ne pouvait soupçonner,
tant Diomède s'observait, les étranges combats
qui se livraient dans son cœur. Mais s'il succombait, c'était sans infidélité à celle qui possédait
son amour sans partage et ne laissait à ses
rivales que les miettes du festin. Au milieu de
ses scrupules, de ses hésitations et de ses faiblesses, il se consolait en songeant que le vrai
coupable n'était pas lui, mais le ciel, qui n'avait
point fait l'homme et le démon de force égale.

Il y avait dans la façon d'être et dans l'attitude
de Diomède quelque chose qu'Arabelle ne pouvait comprendre et qui l'étonnait et la charmait
tout à la fois. Ses prévenances et ses attentions
lui prouvaient assez qu'elle était aimée. Malgré
ces témoignages, elle avait cependant des doutes.
Il n'était ni exigeant ni jaloux. Quand elle arrivait, il ne lui demandait pas d'où elle venait ; et
quand elle s'éloignait, il ne lui demandait point
où elle allait. Il lui parlait avec une douceur qui
la touchait et le rendait à ses yeux cent fois supérieur à tous les beaux messieurs qu'elle rencontrait à l'Opéra. Elle aurait bien voulu être fixée
sur ce point, mais n'osait pas interroger celui
qui la tenait dans un aussi doux servage.

Elle s'était fait aimer des nombreux domestiques. Le valet de chambre de Diomède et les deux petits nègres qui étaient toujours de faction à sa porte étaient pour elle pleins de respect. L'un de ces nègres s'appelait Brimborion, l'autre Zamor. Le valet de chambre s'appelait Jansénius, surnom bizarre que son maître lui avait donné, parce qu'il ne pouvait répondre à aucune des questions qu'il lui adressait, sans se servir de cette locution : « Je proposerai à monsieur de mettre un pantalon gris, je lui proposerai de sortir en voiture découverte, ou je lui proposerai de se servir de ses gants de la veille. » Diomède, importuné par cette locution qui retentissait sans cesse à ses oreilles, avait dit un jour à ce serviteur, d'ailleurs très-dévoué : —Tu ne t'appelleras plus Jean, mais Jansénius. Le nom lui en était resté.

Il arriva un certain soir qu'Arabelle ne vint point chez Diomède, ainsi que cela avait été convenu entre eux. Le lendemain, elle questionna Jansénius et lui demanda si son maître avait paru contrarié.

Jansénius la rassura tout de suite, en lui disant que son maître avait passé la soirée dans son cabinet plongé dans une lecture qui paraissait l'intéresser. Il ajouta qu'il était sorti et qu'il priait mademoiselle de l'attendre.

On la conduisit dans le cabinet de travail ; sur la table elle vit encore entr'ouvert le livre que Diomède avait parcouru la veille. Par curiosité elle prit ce livre, c'était un *Traité d'économie politique*. Elle essaya de lire, mais ne comprenant rien, posa là ce bouquin et se mit au piano.

Diomède rentra aussitôt.

Elle courut à lui et voulut lui expliquer, avec pièces à l'appui de son dire, le motif qui l'avait empêchée de venir. Diomède ne la laissa point achever et lui dit :

— Ma belle capricieuse, vous avez bien fait de rester à vos affaires. Je ne suis pas jaloux, c'est le plus sûr moyen de n'être jamais trompé. Laissons là hier, et songeons à aujourd'hui.

— On me dit que vous n'êtes pas sorti et que vous êtes resté seul. Je le regrette. Qu'avez-vous fait ?

— J'ai lu.

— Vous avez lu ce livre qui ne me paraît pas très-amusant.

— Il n'a pas été écrit pour les belles filles comme toi, c'est vrai, mais il peut contribuer à les faire aimer davantage. Hier, c'était le carème;

11.

aujourd'hui, grâce à toi, je vais retrouver le carnaval.

Cela dit, il embrassa Arabelle, alluma une cigarette qu'il lui donna, puis en alluma une autre pour lui. Le soir venu, il bavarda longtemps avec elle, il resta chez lui et oublia dans sa compagnie *l'Économie domestique.* Le lendemain, il ouvrit une petite boîte qui se trouvait sur son bureau, et y prit une bague en saphirs et en diamants qu'il passa au doigt d'Arabelle en lui disant :

— Tu m'as délaissé l'autre soir, voici toute ma vengeance.

Arabelle l'embrassa, et dans un soupir mêlé de joie et de tendresse elle lui dit :

— Vous êtes le plus généreux de tous les chevaliers, et moi la plus heureuse de toutes les femmes.

— Veux-tu toujours, reprit Diomède, devenir grande danseuse ou marchande de modes?

— Non, reprit-elle, je veux rester ce que je suis.

Arabelle possédait un équipage qui faisait sensation parmi les habitués du bois de Boulogne. Tout le Paris frivole ne parlait que de ses chevaux noirs et de son landau à caisse jaune. Les

cavaliers les plus fringants la suivaient, quêtant
un sourire sans pouvoir l'obtenir. Retranchée
dans une froideur imperturbable, elle comparait
tous ces godelureaux mesquins au superbe Diomède, et les trouvait ridicules. Ces messieurs l'as-
saillaient, à l'Opéra et chez elle, de lettres assez
impertinentes. Arabelle ne répondait pas et prenait plaisir à les apporter à Diomède, puis à les
brûler devant lui. Un jour il s'en trouva une, écrite
par un étranger assez riche qui était membre de
son cercle, et qui y jouait un jeu d'enfer. Diomède conserva celle-là, et se rendit au cercle,
où une forte partie de baccarat était engagée. Il
prit place à la table, et vit en face de lui son
rival qui tenait la banque. Il l'attaqua vigoureusement, et une demi-heure après, il lui avait gagné tout son argent. Alors il s'en alla retrouver
Arabelle, et lui remit son gain, de la part de ce
soupirant qu'il avait mis, pour l'instant du moins,
dans l'impossibilité de marcher sur ses brisées.

\*  \*
\*

Le baron de Saint-Pax, un de ses amis, presque son parent, et qui s'était fort bien montré
dans l'affaire du testament, vint le voir un matin,

pour lui reprocher de ne point le visiter plus souvent et pour l'inviter à dîner. Ce baron avait une
maison montée, et menait grand train. Il eut
soin de le prévenir qu'il trouverait dans son salon
un groupe de jolies mondaines, qui toutes se faisaient une fête de rencontrer le viveur élégant
dont parlaient tant les gazettes. Diomède accepta
cette invitation.

Il avait une prédilection pour la baronne de
Saint-Pax qu'il négligeait cependant. Il aimait son
esprit et son grand air, en même temps qu'il admirait beaucoup sa beauté, mais c'était une admiration toute platonique, par cette raison que
la baronne était la plus honnête femme du monde,
amoureuse de son mari, et raffolant des enfants
qu'elle avait nourris. En la revoyant, il lui rappela l'intimité qui avait existé autrefois entre
eux à Alençon, puis la conversation tomba sur
M$^{me}$ de Marande. Après cet aparté qui avait
lieu dans l'embrasure d'une fenêtre, M$^{me}$ de Saint-
Pax prenant Diomède par le bras le présenta à
tous ses invités. Dix minutes après, il avait séduit toute l'assistance, autant par son esprit que
par cet effacement et cette modestie qu'il ne manquait jamais d'observer. Le dîner fut fort gai.
Diomède raconta des histoires, et risqua toute

sorte de paradoxes, prenant soin de faire comprendre qu'il ne fallait point attacher plus d'importance qu'il n'en accordait lui-même à ses fugues et à ses boutades.

— Il faut, dit Diomède à la maîtresse de la maison, laisser la gravité aux assemblées politiques et aux académies, mais dans un salon où la conversation et le bavardage doivent remplacer les discussions arides, il importe avant tout d'être amusant et de retrouver cette gaieté de nos pères dont nous perdrons jusqu'au souvenir, si nous ne venons pas à son secours. A présent, avec les cercles et les cigares qui dépeuplent les salons, et la politique qui impose silence à tous les autres sujets, l'intérieur, le foyer domestique, ces milieux autrefois si charmants et si honnêtes sont devenus insipides, et ne seront bientôt plus tolérables, si des grandes dames comme vous n'interviennent pas pour nous arrêter. Pourquoi cette chose exquise qu'on appelle la causerie sans prétention est-elle si dédaignée? Parce que, tous tant que nous sommes, nous avons le tort de gâter l'esprit que nous avons par l'esprit que nous prétendons avoir, et de manquer de simplicité. Les femmes, je leur en demande humblement pardon, ont contribué un peu de leur côté à cette dé-

cadence. Elles ont cru de bon ton de blâmer la
tolérance de leurs grand'mères qui savaient écouter sans rougir des mots lestes, gaulois si vous
voulez, et de vous réduire à ne pouvoir raconter
que des berquinades. On dirait vraiment qu'il
faut être octogénaire pour pouvoir entendre un
madrigal un peu accentué. Qu'en est-il arrivé ?
C'est que nous avons déserté les salons du grand
monde, et cherché refuge dans ceux de ce demi-
monde qui, de la petite île de Paphos qu'il était
dans le principe, est devenu un vaste continent.
Mais j'abuse de votre attention, et je me tais. On
pourrait croire que je récite un discours, que je
porte un toast, et que je confonds votre dîner avec
un comice agricole.

— Continuez, je vous en prie, mon cher Diomède, reprit la baronne de Saint-Pax, vous dites
des choses excellentes, et vous nous ravissez,
nous, pauvres femmes abandonnées.

— Vous êtes infiniment indulgente. Si je risque encore quelques mots, c'est parce que la cause
que je défends est juste à ce point de pouvoir
être gagnée par un maladroit.

— Vous nous vengez, monsieur, dit une dame
à la chevelure ardente, qui se cachait sous son
éventail.

— Je remercie mon aimable approbatrice de
son encouragement. Je la remercie d'autant plus
que je suis au bout de mon rouleau. L'improvi-
sation ne venant plus, il ne me reste qu'à me
résumer, et à rappeler que nous serions bien plus
heureux si nous étions plus modestes et plus sans
façon, et si tous tant que nous sommes, nous ne
cherchions pas toujours des phénix, qui seuls à
présent peuvent suffire à nos exigeantes curiosités.

— Qu'entends-tu par des phénix? dit le baron
de Saint-Pax à Diomède.

— J'entends par phénix ces illustrations peu
illustres, ces célébrités fort obscures qui croient
qu'il suffit de couper la queue de son chien pour
pouvoir être mis en parallèle avec Alcibiade, et
qu'on va raccoler partout pour servir à ceux que
l'on reçoit, afin qu'ils puissent citer le lendemain les noms des grands personnages avec lesquels ils ont festoyé. On dirait vraiment qu'il en
est d'une liste d'invités comme du programme
d'une représentation publique, et qu'il faut à la
liste aussi bien qu'au programme, des étoiles
et des noms pour mettre en vedette. Pour un qui
est amusant, intéressant, combien en est-il qui
sont purement quelconques, et ne dépassent pas
d'une coudée une foule de braves gens qui, bien

que faisant bonne figure dans le monde, passent tout à fait inaperçus ! Je sais bien que la petite part de vanité que nous portons en nous n'est pas du tout surexcitée par ces vertueux obscurs, tandis qu'elle l'est énormément par un orateur écouté, une comédienne de talent, un voyageur hardi ou un poëte à la mode. Je suis le premier à admirer ces échantillons de l'élite, mais je trouve qu'ils ne constituent pas tout le monde, et qu'ils n'autorisent point à considérer les autres comme de simples non-valeurs. Si je parle ainsi, c'est après avoir fait des expériences.

— Et quelles expériences avez-vous faites, dit un monsieur correctement cravaté de blanc, et chamarré de décorations?

— Je ne vous en citerai qu'une. Un jour un de mes amis presque aussi fou que moi a eu l'idée de m'inviter à un dîner qu'il offrait à deux voyageurs et à un prisonnier qui devaient raconter leurs aventures. Nous étions vingt à table. Le premier voyageur qui prit la parole avait fait le tour du monde en plus de quatre-vingts jours. Il décrivit les pays qu'il avait visités, nous parla des sauvages, les Chinois, des hommes de la race jaune, des insulaires, des serpents des montagnes, des éléphants du tropique, des végétations sous la ligne et d'une foule d'autres choses. Le second voyageur avait parcouru autant de chemin, mais tourné dans un cercle plus étroit. C'était un conducteur d'omnibus qui pendant quarante ans de sa vie, avait été de la Madeleine à la Bastille et vice-versa. Le prisonnier était un marchand de galette qui depuis 1775 avait vécu rue du Pas-de-la-Mule, dans un renfoncement de maison, où il vendait de la galette, des chaussons aux pommes, et des graines d'anis renfermées dans des petites bouteilles. Après avoir entendu leurs trois récits, on nous invita à passer dans une salle à côté pour décider, quel était celui de ces trois conteurs qui nous avait le plus intéressés. A l'unanimité, on fut d'accord que le plus amusant était le marchand de galette. Ce brave homme avait plus de cent ans. La marquise de Créquy, morte également centenaire, raconte dans ses mémoires qu'en 1715 le roi Louis XIV l'embrassa dans son berceau, et qu'en 1807 l'empereur Napoléon 1er lui baisa la main. Notre marchand de galette avait été, comme la susdite marquise, touché par deux majestés. En 1776, il vendait des brioches à Voltaire, et vers 1848, Victor Hugo, alors qu'il habitait place Royale, avait acheté de ses galettes. En 1789, il assistait

à la prise de la Bastille, et armé d'un manche
à balai, donnait l'assaut à cette forteresse. Cette
prouesse lui valut une pension. Il figurait sur la
liste des vainqueurs de la Bastille. Eh bien, malgré
tout cela, il est probable que personne ne se
serait vanté d'avoir dîné avec ce brave homme,
tandis qu'on eût été fier d'avoir festoyé avec le
grand navigateur. Pour moi le phénix était le
pâtissier. Mais pardonnez-moi mon insipide
bavardage qui ne vaut pas le café que je vous
fais attendre.

Après le dîner, les messieurs se dirigèrent vers
le fumoir et les dames passèrent dans le salon.
Diomède les avait beaucoup surprises. Elles ne
comprenaient pas comment les choses raisonnables et sensées qu'elles avaient entendues pouvaient être sorties de la bouche de ce brillant cavalier, qu'elles s'étaient toujours représenté comme
un Don Juan. La baronne de Saint-Pax les rassura en les prévenant qu'on ne devait point
prendre à la lettre ses paroles, tant la façon de
vivre de son cher ami était peu conforme aux
théories développées pendant le dîner. Cette
remarque rassura un peu ces jolies mondaines.
Les femmes, même impeccables, ne détestent pas
les mauvais sujets, qui passent à leurs yeux pour

ces loups qui, selon la remarque de M<sup>me</sup> de Sévi-
gné, faisaient défaut dans les bergeries de l'*As-
trée*. Elles se sentent aises de n'être pas comprises
au nombre de leurs victimes, et en même temps
ne sont point fâchées de les voir exercer leurs
ravages ailleurs.

Elles furent rassurées tout à fait et rendirent
leur estime à Diomède après que M<sup>me</sup> de Saint-
Pax leur eut donné de plus complets détails sur
l'usage qu'il faisait de sa jeunesse et de sa
grande fortune. Ces détails éveillèrent leur curiosité, et toutes désirèrent connaître son hôtel de
l'avenue Gabriel qu'il avait, disait-on, transformé
en palais des *Mille et une Nuits*. La comtesse de
Roskoff surtout aurait voulu, sans plus tarder,
pénétrer dans cette demeure, et ne dissimulait
point ce caprice.

Cette comtesse avait vingt-deux ans ; le comte,
son mari, en avait près de soixante. Elle était de
Moscou, ce qui expliquait le caractère particulier
de sa beauté. Qu'on juge de sa surprise et de sa
joie, lorsque Diomède, rentrant dans le salon,
s'approcha de M<sup>me</sup> de Saint-Pax et la pria de vouloir bien demander à tous ses invités de lui faire
l'honneur d'accepter un dîner et un bal dans son
hôtel.

— Ce jour-là, ma chère baronne, dit Diomède, vous serez la maîtresse de ma maison, et tous mes gens seront placés sous vos ordres.

— Vous entendez, Mesdames et Messieurs, l'invitation que mon ami le comte Diomède me charge de vous transmettre... Vous l'acceptez, n'est-ce pas?

Tous s'inclinèrent, remercièrent Diomède et acceptèrent avec empressement. Aussitôt après, il embrassa la main de la baronne de Saint-Pax, fit une belle révérence et rentra chez lui.

Il appela Jansénius, son majordome, qui transmettait les ordres aux autres domestiques. Il l'avertit qu'il avait pour le samedi suivant vingt-cinq personnes à dîner, puis, après le dîner, un bal avec souper.

— Je proposerai à Monsieur de faire venir les rafraîchissements et les glaces de chez Tortoni.

— Fais comme tu voudras; tu m'ennuies avec tes propositions éternelles. Je t'ai dit ce que je voulais; je ne veux plus avoir à m'occuper de rien.

\* \*

Diomède s'en alla le lendemain porter à la baronne de Saint-Pax les cartes d'invitation pour le

dîner et pour le bal et la pria de dresser elle-
même la liste des invités.

— Ma chère amie, lui dit-il, ce jour-là j'abdique;
je ne serai plus le maître de la maison. Voici le
menu du dîner et celui de la soirée. Vous aurez
pour vous obéir quinze domestiques, mes deux
petits nègres et deux femmes de chambre. Tout
le rez-de-chaussée vous sera livré. Vous voudrez
bien venir dans la journée jeter un petit coup
d'œil sur les préparatifs de la cérémonie.

— Je n'y manquerai pas. Je trouve votre programme parfait. Il coûtera cher, mais je sais que
vous avez l'habitude de jeter l'argent par les
fenêtres. Il me reste à vous faire une recom-
mandation. En amenant des jeunes dames et
même des demoiselles chez vous, j'ai charge
d'âmes. Or, mon beau cavalier, je compte bien
que tout ce qu'il y a de profane dans votre
demeure, j'allais dire dans votre caverne, aura
disparu. Pas de statues trop lestes, de tableaux
trop éloquents, et cela va sans dire, pas de danseuses.

— Soyez tranquille, tout sera sous clé, et je
ferai brûler des parfums et des épices de Mont-
pellier comme au moyen âge pour purifier le temple dans lequel vous allez faire entrer tant de

12.

chastes personnes. Je veux bien me livrer à ces
soins superflus, parce qu'il n'est rien que je ne
sois prêt à faire pour vous.

— Superflus, c'est bientôt dit. Si j'en crois la
rumeur publique, votre hôtel est hanté par des
ombres profanes. Mon mari me parle souvent de
vos fredaines.

— On me fait, je vous assure, une réputation
que je ne mérite pas. Je suis tout ce qu'il y a
de plus raisonnable. Vous savez bien que je ne
puis être un amoureux, puisque mon cœur ne
m'appartient plus. Je fais tout pour être un libertin, et j'arrive en réalité à n'être tout au plus
qu'un protecteur pour ces pauvres petites naufra-
gées qui viennent frapper à la porte de mon
hôtel converti pour elles en havre de grâce.

— Et M<sup>lle</sup> Arabelle pourquoi la comptez-vous?
Je sais bien que je vous adresse là une question
indiscrète.

— Pas du tout, vous me faites au contraire
plaisir en jetant ce regard indiscret sur ma vie,
je suis fort triste, et j'éprouve, je vous assure, un
grand soulagement à m'épancher dans un cœur
droit et pur comme le vôtre. La fatalité a voulu
que je n'épousasse pas une femme que j'aimais,
et que j'eusse rendue très-heureuse. Pauvre, je

serais allé pleurer dans un coin sans qu'il fût jamais question de moi ; mais aidé de ma fortune, j'ai eu l'erreur de croire qu'en cédant aux caprices qui me passent par la tête je parviendrais à m'étourdir. On dit que je suis fou ; je suis tout simplement malheureux.

— Mais M<sup>lle</sup> Arabelle, parlez-moi donc un peu d'elle.

— On peut être réellement amoureux sans que cela oblige à faire vœu de chasteté. La pauvre fille ne se méprend pas sur la nature de mes sentiments. Je l'aime parce qu'elle est jeune, gaie, insouciante. C'est pour moi un oiseau de plus dans ma volière. Elle est apprivoisée, et si elle sort, elle revient. Il me plaît de l'avoir près de moi, surtout lorsque je me plonge dans les livres sérieux parce qu'elle me permet, dès que les philosophes m'ennuient, d'opposer ses sourires et ses enfantillages à leurs fronts sévères. Mais tout cela ne sert à rien. Il n'y a point de remèdes contre certains maux.

— Si ce que vous me dites est sincère, je vous plains beaucoup, mon cher Diomède. Je respecte des scrupules qui vous font honneur et que je serais d'ailleurs impuissante à vaincre, mais tout en vous rendant cet hommage, je me permettrai de vous dire, en ma double qualité d'amie et de femme honnête, que vous avez bien tort de songer encore à la personne dont vous parlez. Arabelle sera une maladroite si elle ne guérit pas le malade imaginaire qui s'est confié à elle.

— Ne parlons plus de cela, ma chère amie, pour aujourd'hui. Je viendrai peut-être vous en reparler, une autre fois, et vous demander des consolations. Permettez-moi de redevenir fou, ce sera plus sage de ma part. Parlons si vous le voulez du comte de Roskoff que j'ai rencontré dans votre salon. C'est un diplomate.

— Oui, il a été chargé autrefois de missions délicates par la cour de Russie.

— Et pourquoi la comtesse a-t-elle accepté un mari aussi âgé?

— Pourquoi? Parce qu'à dix-huit ans la pauvre fille se sentant victime de la lutte que se livraient sa beauté et son indigence, sachant qu'elle n'avait pas le droit de choisir, dut accepter ce Céladon qui la faisait riche et comtesse.

— Quitte à se consoler, et à faire payer fort cher au comte le nombre exagéré de ses printemps.

— Vous êtes un impertinent, mon cher Diomède. Apprenez que la comtesse de Roskoff se conduit en honnête femme, et n'a rien de commun avec ces Russes interlopes arrivées on ne sait d'où, et qu'on exhibe à présent aux bains de mer et dans les comédies du jour. Je veux bien vous apprendre qu'elle vous a trouvé charmant.

— Elle est jolie, gracieuse et un peu rousse, ce qui ne gâte rien. L'autre jour je l'ai observée. Elle est très-élégante. Je suis sûr qu'elle avait sous sa robe vingt jupons superposés, et tous garnis de valenciennes. Cela donne tout de suite un grand air. Je raffole de la dentelle, c'est l'écorce de la femme. Mais je vous quitte, je vous attends samedi de bonne heure. Bonjour à votre mari, je me prosterne à vos pieds.

\* \*

L'hôtel était livré aux décorateurs et aux jardiniers qui faisaient aux fleurs leur toilette. Diomède et Arabelle s'étaient réfugiés dans le fumoir. Il lui annonça qu'il recevrait le samedi suivant ses parents et ses amis accompagnés de leurs femmes.

— Alors pour ce jour-là, place ici aux honnêtes femmes qui vont à pied, dit Arabelle.

— Elles sont honnêtes et vont aussi en voiture.

— Je veux dire que ce jour-là, je dois m'abstenir de paraître.

— Tu inviteras les amies à dîner, tu iras au
spectacle, tu feras ce que tu voudras.

— En attendant, reprit Arabelle, j'ai été au
skating et je suis fatiguée, voilà une chaise longue qui semble m'appeler.

Elle s'étendit, tandis que Diomède lisait de
l'économie politique. Au bout d'un quart d'heure,
jetant les yeux sur elle, il remarqua qu'elle
s'était endormie, laissant voir des jupons bien
plus coquets que ceux de la comtesse de Roskoff.
Il jeta son livre, s'approcha d'Arabelle et la
réveilla en l'embrassant. Il touchait à un de ces
instants où il préférait les séductions d'une jolie
fille au front chauve des philosophes.

Au jour dit, l'hôtel resplendissait de fleurs et
de lumières. Les gens, en grande livrée, étaient
alignés dans le vestibule, attendant les équipages, et s'emparant des pelisses et des manteaux
des arrivants. Les invités étaient annoncés par
les deux petits nègres. La baronne de Saint-
Pax arriva la première, et la comtesse de Roskoff
la seconde. Diomède les fit passer dans un petit

salon; une grande glace psyché était préparée.
Deux femmes de chambre jeunes et avenantes
comme les soubrettes de Marivaux se tenaient là
armées d'épingles, de poudre de riz et de tous
ces accessoires dont la femme la plus soignée a
besoin un quart d'heure après qu'elle est sortie
de son cabinet de toilette. Après quoi les curieuses qui ne connaissaient point l'hôtel le visi-
tèrent en détail. L'aspect du jardin d'hiver tout
peuplé d'arbres exotiques et de plantes rares les
frappa beaucoup. Diomède leur fit des bouquets
avec des rameaux de camélias coupés sur la plante.
Du jardin on passa dans le salon, où vingt-quatre
grands fauteuils tendaient leurs bras aux arrivants.
Dans la cheminée, un vrai monument, brûlaient des
bûches de six pieds de longueur. Le feu de l'âtre
mêlé à la lumière des bougies dont étaient sur-
chargés le lustre et les candélabres produisait
une clarté immense. Ce fut ensuite le tour du
fumoir, du cabinet de travail contenant la bibliothèque, puis de la chambre à coucher. Le lit avec
ses draperies infinies ressemblait à la tente d'un
satrape. Jusque-là ces dames admiraient sans
réserve, mais quel ne fut pas leur étonnement,
lorsqu'elles découvrirent à travers les vitres
d'une vaste armoire, et tout à côté des mou-

choirs et des cravates de Diomède, des chemises
de dentelle à mille francs pièce, des bonnets
en point d'Alençon, des corsets en satin rose,
des jupons brodés et garnis de chantilly et des
pantoufles de toutes les couleurs. La baronne,
tout en admirant l'ordre avec lequel ces colifichets étaient rangés, fit observer à son amphitryon qu'il fallait ou les enlever ou les cacher sous
un épais rideau, parce que chez un garçon ils
étaient autant d'objets de contrebande pouvant
offenser les yeux des demoiselles et leur donner mal à penser. Diomède demanda pardon
à ses visiteuses de sa distraction, et fit appli-
quer sur l'armoire une tapisserie toute parse-
mée d'or et représentant le massacre des Macha-
bées.

— Mais pourquoi, mon cher ami, avez-vous
deux femmes de chambre?

— C'est, reprit Diomède, parce qu'elles jettent
un peu de gaieté dans l'hôtel. Si c'était possible,
j'aurais aussi un abbé! Rien ne serait pitto-
resque comme de voir passer dans ma galerie,
tantôt la robe de l'abbé, tantôt la jupe de la ca-
mériste, et mon bonheur serait complet si je pouvais posséder un page. Je l'ai remplacé par mes
petits nègres.

— Que font-elles de leurs vingt doigts, vos deux femmes de chambre?

— Elles sont très-occupées; elles prennent soin de ma lingerie, et s'acquittent de tout ce qui, dans le service d'un homme, ne peut être bien fait que par des femmes. Ces petits détails les regardent. Et puis je vous avouerai que rien ne m'égaie plus que de voir des femmes coiffées en bonnet. J'achète les leurs chez les lingères du boulevard et de la rue de la Paix. J'encourage cette branche d'industrie, puisque les femmes, on ne sait pourquoi, ont renoncé à cette coiffure charmante qui donne à la figure bien plus de piquant que vos chapeaux. Selon moi, un bonnet bien fripon vaut une mouche. N'allez pas surtout me croire capable de conter fleurette à ces jouvencelles. Questionnez Bergamotte, celle aux rubans bleus, elle vous dira qu'il y a plus de trois mois que je ne lui ai dit un mot; quant à Marjolaine, je crois lui avoir parlé hier.

— Allons dit la baronne, vous avez bien raison mon cher Diomède, lorsque vous affirmez de temps en temps que vous êtes un fou. Mais revenons au salon, vos invités arrivent.

Brimborion, de sa voix la plus forte, annonça le baron de Saint-Pax, le comte de Roskoff, puis

13

d'autres personnes, et enfin M. le professeur
Sertorius. Diomède s'inclina respectueusement
devant ses invités et les remercia de l'honneur
qu'ils voulaient bien lui faire. Il se montra par-
ticulièrement affectueux pour le comte de Roskoff
qui arrivait en tenue de diplomate. Il portait un
pantalon de casimir noir collant et serré au-dessus de la cheville par trois boutons, des bas de
soie et des souliers avec des boucles en stras. Il
était orné de tous ses grands cordons, et de ses
plaques qui l'enrichissaient de diamants autant
qu'une tabatière. Son toupet plus touffu ce jour-là,
surmontait son front d'un entrecroisement de
boucles correctement frisées ; c'était à croire
qu'il venait de quitter M. le prince de Talleyrand
après une séance de congrès,  .

Après l'avoir salué, Diomède s'approcha de
M. Sertorius, et le prenant par la main, dit à ses
invités :

— J'ai l'honneur de vous présenter le docteur
Sertorius, mon maître, qui a fait un mauvais dis-
ciple. Le docteur est original et spirituel autant
que savant. Je l'ai invité à être des nôtres parce
que, pour moi, il n'y a point de fête sans lui.

Le docteur Sertorius, un peu confus, remercia
son élève, et lui dit :

— Ne rendez pas ma tâche trop difficile, et n'insistez pas sur mes mérites. Je ne suis qu'un vieux bonhomme assez décontenancé de se trouver ici. Loin de mes livres je me sens gauche et je redoute de faire tache dans cette brillante réunion.

Sertorius, qui ne quittait presque jamais la rue des Quatre-Vents où il habitait depuis son enfance, n'aspirait point à passer pour l'arbitre de l'élégance. Il portait de gros souliers et des bas de laine noire que laissait voir un pantalon trop court. Ses cheveux ramenés en avant dissimulaient mal sa calvitie. Sur son nez vacillaient des lunettes d'argent garnies de verres très-forts qui grossissaient démesurément ses yeux rouges et fatigués.

On se mit à table. La baronne de Saint-Pax occupait la place d'honneur, ayant à sa droite le comte de Roskoff et à sa gauche Sertorius. En face était placée la comtesse de Roskoff, ayant à ses côtés le baron de Saint-Pax. Quant à Diomède, il occupait le bout de la table. Brimborion et Zamor se tenaient debout derrière lui.

Le dîner fut très-gai et lestement servi. Tout avait été merveilleusement organisé. La conversation ne languissait pas plus que le service. D'abord elle fut générale, puis se fractionna. Chacun causait avec son voisin. Au second service, le comte de Roskoff et Sertorius, qui s'entendaient fort bien, se confiaient déjà des secrets. L'un était diplomate, et l'autre avait écrit plusieurs traités sur *le droit des gens*. Ils étaient faits pour se comprendre et s'apprécier. Inaccesibles aux balivernes et aux facéties des autres convives, ils continuaient seuls à parler sérieusement et à agiter les problèmes les plus graves.

Au dessert, entre deux éclats de rire, on entendait le comte de Roskoff dire à Sertorius :

— La couronne, maintenant, est un fardeau pour les rois.

A quoi Sertorius, avec une pointe d'ironie, lui répondait :

— Vous avez raison ; mais n'a-t-on pas dit depuis longtemps que Dieu avait créé les ânes, les colonnes doriques et les rois pour porter les fardeaux ?

— Je ne connaissais pas cette pensée, reprit le comte, elle est originale, mais irrespectueuse.

Le baron de Saint-Pax avait remarqué que depuis le commencement du dîner, les deux petits nègres placés près de leur maître étaient restés dans une immobilité complète.

— Diomède, dit-il à son ami, tu prétends que tes nègres viennent de Nubie, tu nous abuses, ils sont en bois et je suis sûr que tu les a achetés chez Beurdeley. Quand tu reçois, on les enlève de l'antichambre et on vient les poser près de ton siége.

Pour toute réponse, Diomède prit des cigares et ordonna à Zamor de les porter à M. de Saint-Pax.

— Le crois-tu en bois, maintenant? Veux-tu l'autre?

Après le dîner, on passa dans le jardin d'hiver prendre du café à l'ombre d'un palmier. Les dames se groupèrent, tandis que les messieurs s'en allèrent au bout du jardin fumer les cigares qui étaient étalés sur une étagère spéciale.

Le comte de Roskoff et Sertorius ne se quittaient pas, continuaient à se dire des choses énormes et à échanger des masses d'idées. Ils paraissaient d'accord et par instant se parlaient bas à l'oreille, tant étaient graves les points sur lesquels ils se prononçaient. Sertorius avec sa large cravate blanche et son habit étriqué ressemblait tout à la fois à M. de Marcellus et à M. Vieuxbois, ce type qu'un album, populaire il y a vingt ans, avait choisi pour héros.

13.

Diomède qui veillait à tout, quitta les fumeurs et vint prier M<sup>me</sup> de Saint-Pax, en sa qualité de maîtresse de maison, d'engager les autres dames à passer dans sa chambre avant le bal, afin de déplisser leurs jupes et de rajuster leurs coiffures.

— Bergamotte et Marjolaine vous attendent. Allez, ordonnez, vous êtes toutes chez vous. J'ai caché les corsets et les pantoufles, il n'y a plus de danger. Vous me demandiez pourquoi j'ai des femmes de chambre, vous allez bien voir qu'elles me sont de quelque utilité.

La baronne et les autres dames disparurent un instant.

Sertorius et le comte de Roskoff causaient toujours. Diomède s'approchant dit à son maître :

— Vous allez rester pour le bal et surtout ne manquez pas le cotillon. On va le danser avec toutes ses figures. Vous verrez, c'est fort gracieux.

— Mon cher ami, vous êtes le diable, vous me tentez. Votre fête est magnifique, mais j'y fais triste figure et puis vous connaissez mes habitudes : je me couche de bonne heure. Demain matin précisément, j'ai à travailler avec un jeune homme qui prépare sa thèse de docteur ès lettres. Il a pour sujet Jeanne d'Arc. Il s'agit de prouver la part que le surnaturel occupe dans ses exploits. C'est intéressant.

— En êtes-vous bien sûr, reprit Diogène.

— J'en appelle à M. le comte, dit Sertorius. C'est du plus haut intérêt. Si cela était établi, nous pourrions peut-être vaincre les scrupules de la cour de Rome et obtenir la canonisation. Car enfin...

— Car enfin, interrompit Diomède, songez donc que vous êtes au milieu des dames et des demoiselles, que le bal va commencer, j'entends déjà les violons. Vous ne pouvez pas, mon illustre maître, transformer ce salon en Sorbonne.

— Vous êtes toujours le même, mon cher Diomède, futile en apparence et studieux en réalité. Tenez, je vous ai parlé de Jeanne d'Arc, voulez-vous parier que demain vous allez fouiller dans votre bibliothèque et relire tout ce qui est relatif à la Pucelle?

— Oui, à *la Pucelle* de Voltaire.

— Taisez-vous, mon grand gamin, dit Sertorius, en lui frappant sur l'épaule. Puis se tournant vers M. de Roskoff, il ajouta :

— Oui, monsieur le comte, je dis un gamin, parce que j'ai été son maître ; mais je reconnais que sous cette apparence légère, il y a un esprit supérieur et bien doué. Diomède sait beaucoup. S'il donne des fêtes, il ne nous oublie pas, et il a eu la générosité d'offrir un instrument à notre Observatoire qui a dû lui coûter plus cher que les splendeurs qu'il déploie sous nos yeux.

— Allons, dit Diomède, écoutez donc les violons. Tout à l'heure, vous étiez en Sorbonne, vous voici maintenant au Bureau des longitudes. Vous n'êtes pas un homme du monde. Aussi pour vous former, je vous condamne à assister au cotillon. C'est bien plus sérieux que Jeanne d'Arc.

Les invités du bal arrivèrent en foule. Parmi eux, il s'en trouvait que Diomède ne connaissait pas et qui avaient été conviés en son nom par M<sup>me</sup> de Saint-Pax.

Il demanda à Marjolaine, qui traversait un couloir, où était la baronne.

— Dans votre chambre, monsieur. M<sup>me</sup> la baronne y est restée avec la comtesse de Roskoff. Elles examinent en détail tous les objets qu'elle renferme et tournent beaucoup autour du petit rideau qui recouvre le coffret.

— Va les chercher.

— La baronne parut aussitôt.

— Ma chère amie, vous négligez vos devoirs de maîtresse de maison. Présentez-moi donc à toutes ces belles personnes.

Il prit son bras, fit le tour du salon et prodigua ses hommages aux nouveaux arrivés.

Ses amis du cercle arrivèrent ensuite. Il alla à leur rencontre et les pria de se considérer comme chez eux.

La baronne ordonna au chef d'orchestre et à ses quarante musiciens de donner le signal de la danse. Les quadrilles se formèrent, les valses succédèrent aux quadrilles, et aussitôt la fête fut en pleine animation.

De belles jeunes filles appuyées sur le bras de leurs cavaliers, et fort observées par leurs mères, circulaient avec grâce à travers les salons, la galerie et le jardin d'hiver. Les unes, pour reprendre des forces, s'approchaient des buffets, abondamment garnis de tout ce que la gourmande la plus raffinée pouvait désirer. A côté des glaces, des sorbets et des boissons chaudes, s'étalaient des poissons froids, des volailles et des perdreaux truffés, puis des fruits, des pâtisseries et des bonbons. Les anémiques et les voraces trouvaient là de quoi réparer les fatigues de la nuit.

Les messieurs qui ne dansaient pas jouissaient

d'un coup d'œil charmant, et pouvaient, sans se déranger, passer, comme Joconde, de la brune à la blonde, de la châtaine à la rousse. Avec une dextérité de chat, Zamor et Brimborion glissaient au milieu des groupes, portant l'un un verre de vin de Bordeaux à une douairière, l'autre des quartiers d'orange glacée ou du chocolat à d'intrépides petites valseuses. Dans un salon écarté, des messieurs s'écharpaient au baccarat, tandis que d'autres, comme Sertorius et le comte de Roskoff jouaient modestement le wisht à vingt sous la fiche.

Au plus fort de la fête, et alors que le bruit de l'orchestre et l'agitation des danseurs permettent de parler sans être entendu, la comtesse de Roskoff prit le bras de Diomède et lui fit compliment de la façon dont il savait traiter ses amis. Elle le regardait fort tendrement.

Il était trois heures du matin, et déjà les danseuses réclamaient le cotillon. M^{me} de Saint-Pax donna le signal, et l'orchestre, conduit par son chef entraînant et nerveux, exécuta une valse. Diomède alla prévenir son maître Sertorius pour lequel c'était un spectacle nouveau. Sertorius se plaça au premier rang, mit sur son nez une seconde paire de lunettes et observa.

Autrefois le cotillon durait dix minutes; il était le signal du départ et achevait de mettre sur les dents les dames et les demoiselles qui s'étaient par trop trémoussées. On l'exécutait sans ordre et sans façon. On permettait à ceux qui ne savaient pas danser d'y venir porter la confusion. A présent le cotillon est devenu solennel; il est réglé d'avance comme un ballet de l'Opéra, et, pour y être accepté comme dame et comme cavalier, il faut avoir fait ses preuves et connaître dans leurs moindres détails les exercices compliqués auxquels on va se livrer. Il y a l'école du cotillon, comme il y a l'école de peloton. Il comporte des variations infinies trouvées par des maîtres de ballet, qui offrent ainsi aux belles dames et aux jeunes gens l'occasion de déployer leurs grâces. Il est tantôt enfantin et tantôt chevaleresque. Alors il rappelle les tournois d'autrefois et les rappellerait bien davantage si les cavaliers, ce qui viendra, pouvaient, pour le danser, quitter leurs odieux habits noirs, et endosser de beaux costumes. La maison Giroux possède un artiste qui excelle à trouver des combinaisons nouvelles, qui feraient perdre son latin au grand Vestris lui-même. Ces combinaisons nécessitent autant d'accessoires qu'il en faut au théâtre pour

jouer une pièce compliquée. On s'en fera une
idée quand on saura qu'un cotillon peut comprendre soixante figures différentes. Avec le cotillon nouveau, un cavalier n'a plus le droit de
choisir sa valseuse; c'est tantôt le hasard, tantôt
l'adresse qui forme chaque couple, c'est-à-dire
qui désigne telle dame à tel cavalier.

Le cotillon fut dansé par seize groupes. On dé-
buta par le postillon, figure très-élémentaire :
chaque cavalier portant au bras une plaque enru-
bannée tirée au sort, sur laquelle était inscrit le
nom d'une ville, alla prendre pour valseuse la
dame porteuse d'un petit drapeau, également tiré
au sort, et sur lequel se trouvait le nom de la
même ville. Ce fut ensuite le tour de la *Chevelure
de Bérénice*. Les cavaliers, posant sur leurs têtes
de longues chevelures noire, verte, blanche, lilas,
rouge, en papier, prennent pour valseuse la dame
portant une cravate en papier de la couleur correspondant à celle de la chevelure. Puis vint la
*Marguerite* avec ses pétales exprimant ces mots:
« Je t'aime un peu, beaucoup, passionnément,
pas du tout ». Une dame tenait cette marguerite
et chaque pétale arrachée par un cavalier faisait
surgir une fleur de marguerite répondant à celle
dont une des dames était parée. Enfin vinrent

*l'éventail parlant, le violon enchanté, le fil d'Ariane,* qu'il serait trop long de décrire. Après deux heures de saltation et de tournoiement, on finit par les *Jeux floraux.* On avait distribué aux dames des bouquets de couleurs différentes ; des bouquets semblables avaient été posés sur un disque. Les cavaliers, coiffés de casques brillants et armés de lances, devaient enlever chacun un bouquet, et prendre pour valseuse la dame qui portait le bouquet correspondant. Cette figure était une des plus redoutées, par la raison qu'elle mettait le cavalier dans la nécessité de faire preuve d'adresse s'il voulait danser avec la dame de ses prédilections.

Le jour commençait à poindre, et on valsait encore. Les femmes étaient mortes, les demoiselles expirantes, les cavaliers exténués et les musiciens suffoqués, tous enfin brisés par leurs travaux. En un quart d'heure tout ce monde avait disparu. Les bougies furent éteintes et tout rentra dans le silence.

⁂

Le lendemain Diomède en superbe équipage, s'en allait au bois de Boulogne, espérant y ren-

11

contrer quelques-unes des beautés qui avaient jeté tant d'éclat dans sa fête. Il était comme ce personnage de Laclos, il aimait assez les mines du lendemain. Rien, selon lui, n'était plus agréable à voir que ces yeux battus que montre toute femme après une nuit passée à la danse.

Lorsque Diomède revit plus tard M<sup>me</sup> de Saint-Pax, celle-ci lui énuméra la liste de toutes les mères qui étaient prêtes à le donner pour mari à leur fille. Cet hommage flatta son amour-propre, mais ne modifia en rien la résolution qu'il avait prise depuis longtemps de rester célibataire. Elle essaya de le raisonner et de lui démontrer l'inutilité de son sacrifice, elle ne put le convaincre. Il rompit l'entretien avec une légère brusquerie, protesta de l'amitié sincère, du dévouement sans bornes qu'il avait pour elle, et la supplia de ne pas insister.

— Dites que je suis un ténébreux absurde, dites que je suis ou sublime ou niais, mais ne me parlez jamais de mariage.

— Alors vous aimez Arabelle. Quand son règne sera fini, je triompherai de votre résistance.

— Je n'aime pas Arabelle d'amour, reprit Diomède, et quand elle m'aura quitté, je la remplacerai par une autre. Je suis très-fort, croyez-le bien, et armé de pied en cape contre toutes les surprises du cœur. Je n'ai point grand mérite à cela, par la raison que j'ai peu de goût pour le mariage. Je suis trop jaloux pour avoir une femme à moi. Je sens que si j'étais marié, je demanderais raison au valseur qui prendrait ma femme par la taille, au cordonnier qui toucherait à son pied, au médecin qui lui tâterait le pouls. Remarquez, ma chère baronne, que je suis sincère, et que je ne joue pas du tout les Othello. Si je suis trompé, je m'en consolerai, en rendant la pareille à ceux qui m'auront causé ce chagrin. Tout l'avantage, dans ce jeu de l'amour, reste de mon côté! On ne pourra jamais me prendre qu'une maîtresse; moi, au contraire, je pourrais m'emparer d'une femme légitime. Vous voulez que je renonce à cet avantage et à cette supériorité?

— Vous n'admettez donc pas qu'il y ait des femmes qui ne trompent pas leurs maris?

— Si, je l'admets. Il y a vous, il y aurait ma sœur, si j'en avais une. Je crois, peut-être à tort, que toute femme en ce monde est née vaincue.

— De quel sexe sont, je vous prie, celles très-nombreuses qui résistent?

— Ce sont des hommes, reprit Diomède.

— Vous êtes un impertinent, je vous sais trop

bon pour penser un mot de ce que vous dites. Il y a tant de gens à présent qui ne sont pas même de leur opinion.

— Où avez-vous la tête de venir me parler mariage ? Vous oubliez donc que j'ai voulu déjà me marier, et qu'on m'a sacrifié de la façon la plus outrageante. Je ne m'y frotte plus. Dans l'excès de mon dépit, j'ai déclaré la guerre au mariage, et j'ai fait tous mes efforts pour accumuler dans ma tête les théories les plus exorbitantes et les plus fausses probablement contre cette institution. J'en suis là, vous devez le savoir, et vous venez me proposer de calmer mes colères et d'oublier mon indignation. Me parler mariage ? autant vaudrait causer modes et chiffons avec un chanoine. Parlons plutôt de votre amie la comtesse de Roskoff. Elle aime son époux ?

— Je ne sais, dit la baronne, si elle l'aime, mais à défaut d'amour, elle a pour lui la plus grande reconnaissance et le plus sincère attachement.

— C'est fort honorable. Mais à propos, continua Diomède, vous savez que le comte de Roskoff et mon vieux maître Sertorius sont maintenant fort liés. Ils ne se quittent plus. Sertorius le reçoit à diner dans quelques jours. Je suis de la petite fête avec des savants et des philosophes. Sertorius m'a prié de lui prêter Brimborion et Zamor pour servir à table. Nous devons rencontrer là un latiniste suédois, auteur d'un grand travail sur Lucrèce et sur son poëme : *De naturâ rerum.* Mais cela vous est égal.

— La comtesse est-elle du diner?

— Malheureusement non. C'est un diner d'hommes.

— Pourquoi malheureusement, fit la baronne, vous avez dit cela en soupirant. Est-ce que par hasard cette jolie Moscovite aurait le privilége de vous plaire?

— Peut-être bien. Elle est rousse, ses cheveux surplombent sur son front, elle paraît ennuyée, et je la crois pourvue de tout ce qu'il faut pour cela. J'avoue, et je vous demande pardon pour l'élasticité de ma morale, que si cette petite femme-là succombait, ce ne seraient point les circonstances atténuantes qui lui manqueraient. Elle est, je le veux bien, la femme de son mari. C'est un officier de l'état civil qui l'a dit, mais tout prononce le divorce entre cette créature délicate, et l'être dépourvu de jeunesse et de charme qui a l'audace d'exiger d'elle la fidélité. J'ai toujours

14.

blâmé Ève d'avoir sacrifié Adam à un serpent, mais je l'aurais excusée si c'eût été le serpent qu'elle eût sacrifié à Adam. C'est tout à fait là le cas de M^me de Roskoff, et avant de recourir aux arguments probablement très-forts que vous allez m'opposer, faites-moi l'amitié de me dire ce que vous auriez fait vous-même, si à la place de mon ami Saint-Pax, on vous avait colloqué pour époux, un être éteint qui a bien plus besoin de cataplasmes que de caresses. Accablez-moi, dites-moi tout ce qui vous passera par la tête, rien ne m'est plus agréable à contempler que la fureur d'une honnête femme défendant la corporation.

— On dirait vraiment, mon cher Diomède, que la comtesse de Roskoff est la première jeune femme qui ait épousé un vieux mari. Le monde est peuplé de semblables unions.

— C'est vrai, et c'est même chez elles que Chérubin va se loger. Mais j'ai tort d'insister; je ne suis pas le gardien de la fidélité de la comtesse, je n'ai jamais médité de la conduire à mal. Je me borne à lui souhaiter le courage qu'il faut pour ne pas succomber dans la lutte.

— Merci pour mon amie. Mais apprenez qu'elle n'a pas besoin de vos vœux. Elle a des principes, et pas la moindre illusion. Depuis trois ans qu'elle est mariée, elle en a entendu de toutes les couleurs, et sait le cas qu'il faut faire de ce que disent les soupirants.

En cet instant un domestique ouvrit la porte du salon, et annonça M^me la comtesse de Roskoff.

Diomède la salua respectueusement. Elle lui fit compliment de sa fête, et lui dit que son hôtel était le paradis terrestre.

Il l'assura que ce paradis lui était ouvert, et que ce serait toujours un grand honneur pour lui de l'y voir venir.

Cela dit, il salua la baronne de Saint-Pax et la laissa seule avec son amie.

Que se passa-t-il dans cet entretien? On le devine. M^me de Saint-Pax eut l'imprudence de dire à son amie que Diomède refusait obstinément de se marier; et qu'il lui avait signifié qu'il était inutile d'entamer les négociations dont elle avait été chargée.

La comtesse en apprenant cette nouvelle, se sentit tressaillir de joie, et fit tout ce qu'elle put pour dissimuler à son amie l'impression qu'elle ressentait. Elle débita avec une indifférence feinte quatre ou cinq phrases banales équivalant à dire qu'elle comprenait parfaitement pourquoi Diomède hésitait à échanger contre le calme du

mariage sa vie brillante et agitée de garçon.
Elle se serait sans aucun doute plus étendue sur
cette idée, si M^me de Saint-Pax ne l'avait point
arrêtée pour lui apprendre le vrai motif qui l'empêchait de se marier. Elle la mit au courant de
la grande passion que Diomède avait conservée
pour une jeune fille dont on lui avait refusé
la main, et à laquelle il avait juré de rester
fidèle.

La comtesse prétextant une autre visite se retira
et, de retour chez elle, s'enferma dans son boudoir
afin de pouvoir donner un libre essor aux émotions de toute sorte qui l'agitaient.

Si depuis trois ans elle était restée fidèle au
triste mari qui lui était échu, elle était fort lasse
de cette contrainte, et ne se sentait point de force
à persévérer. Ses amies, pourvues d'époux charmants, la louaient beaucoup de son attitude cor-
recte, sans se rendre compte des sacrifices qu'elle
lui imposait, et sans se demander jamais si ce
n'était point là une tâche au-dessus des forces
d'une faible créature exposée toujours à la tentation et sans cesse face à face avec le démon.
La comtesse, bien que fort civilisée était Moscovite,
et sentait couler dans ses veines le sang bouillant
d'une race qui ne comprenait rien encore à ce

genre de chasteté prescrite par certains moralistes qui feignent d'ignorer, malgré les avertissements de Rousseau, que la vertu n'est en réalité qu'une question de tempérament.

Mais pourquoi d'ailleurs raisonner plus long-temps. Le fait brutal était là, M^{me} la comtesse de Roskoff aimait Diomède. Il était écrit que celui-là entre tous les autres devait la charmer, l'éblouir et la perdre. La malheureuse se débat-tait devant l'alternative de mourir loin de lui ou de succomber dans ses bras. Elle savait bien tout ce que sa défaillance devait comporter d'in-gratitude, de désespoir et d'infamie, mais une influence plus forte que sa raison l'entraînait dans le gouffre et l'exposait sans défense à une chute irréparable.

Aidée ou plutôt perdue par sa nature impression-nable et romanesque, elle entrevoyait Diomède paré de tous les prestiges. Elle était comme tentée de lui faire oublier l'amour déçu qui dormait au fond de son cœur, et de lui prodiguer les consola-tions que ne pouvaient offrir à son âme généreuse les filles d'opéra et les farceuses sur lesquelles il avait compté pour s'étourdir. Le diable prenant le dessus, elle écrivit à Diomède un petit billet ainsi conçu :

« Demain, au Louvre, à trois heures, salle des cachemires », et ne signa pas.

Les magasins du Louvre sont le plus beau bazar du monde. On y trouve réunis la plupart des produits de la civilisation. Une femme, sans se compromettre, peut toujours dire au mari jaloux ou à l'amant farouche qui la questionne sur l'emploi de sa journée, qu'elle a été au Louvre. On peut être rencontré là sans avoir besoin d'expliquer sa présence. C'est ce qui avait déterminé la comtesse à choisir ce lieu de rendez-vous.

Diomède, en recevant ce mot mystérieux, ne devina point d'où il pouvait venir. Mais, comme après tout, une aventure pouvait commencer ainsi, il obéit et alla au Louvre, dût-il en être réduit à faire des acquisitions inutiles. Il parcourut les galeries interminables du rez-de-chaussée, puis du premier étage, demandant aux commis et aux demoiselles où était située la salle des cachemires. Après s'être perdu plusieurs fois au milieu des acheteuses, qui condamnaient des jeunes gens à déployer des monceaux d'étoffes, il trouva enfin la susdite salle. Tout près d'une vieille coquette marchandant du velours, se trouvait une famille commandant une corbeille pour une jeune mariée gauche et timide, que son fiancé

dévorait des yeux. Cette opération exigeait qu'on
entrât dans les détails les plus intimes, et qu'on
poussât l'indiscrétion jusqu'à prendre mesure du
volume des charmes qu'était destiné à contenir
le corset de la jeune fiancée. Si celle-ci baissait
le regard, en revanche, ses tantes et sa mère ne le
baissaient pas du tout, et, montrant leur opulence,
rappelaient avec orgueil le temps où, elles aussi,
auraient pu tenir sans être serrées, dans le frêle
corsage qu'on préparait pour cette belle enfant.

Parvenu dans la salle des cachemires, Diomède
regarda de tous les côtés et ne fut abordé par
personne. Il passa dans une autre salle et acheta
du cordonnet, le tour du monde, une robe de velours, une boîte de mathématiques et une pièce
de dentelle noire. Il se présenta à la caisse et
donna son adresse. Ensuite il retourna vers la
salle des cachemires, où régnait une très-forte
odeur d'éther; une dame s'y était évanouie.
C'était la comtesse qui avait perdu contenance
en l'apercevant. Diomède s'approcha et lui demanda la permission de la reconduire à sa voiture. Elle prit son bras et, entre deux soupirs
que l'éther rendait encore plus saccadés, elle
avoua à Diomède que c'était elle qui lui avait
écrit. Cette révélation l'étonna d'abord; puis, se

rappelant sa conversation avec M^me de Saint-Pax,
il se sentit tout plein d'indulgence pour cette infortunée qui se compromettait avec tant d'imprudence.

Avant de franchir la porte, et afin que les domestiques ne vissent rien, la comtesse de Roskoff
le quitta et lui glissa dans la main une lettre
cachetée. Elle lui prit la main, le supplia d'avoir
pitié d'elle et disparut. Elle était adorable ce jour-
là. Elle était coiffée d'un petit bonnet de loutre
noire surmonté d'une plume orgueilleuse, qui
rendait à sa physionomie toutes les beautés de sa
race, et la transformait en czarine idéale.

Diomède brisa l'enveloppe et lut ces quelques
mots, griffonnés par cette main coupable et trem-
blante qu'il venait de presser :

« Ayez pitié de moi. Je vous aime comme une
« sauvage que je suis. Le comte doit partir bien-
« tôt pour Saint-Pétersbourg. Permettez-moi de
« venir vous trouver. Je viendrai voilée, amenée
« par une voiture de place. Il faut que je vous
« parle et que, ce jour-là, votre hôtel soit dé-
« sert. »

— Allons, dit Diomède, voici une pauvre créature
qui est lasse de son métier. Il revint à son hôtel
et, retrouvant Arabelle, il lui donna la robe de

velours et la dentelle noire; elle ne voulut point
du cordonnet.

Elle était ce soir-là resplendissante, et touchait
à un de ces instants où les femmes, d'ordinaire
jolies, ont comme des coups de soleil de beauté
qui font qu'elles se surpassent et ajoutent des
charmes de plus à ceux qu'elles possèdent déjà.
Ce surcroît de splendeur peut-il être de commande, lorsque ces petits êtres, créés tout exprès
pour nous empêcher de faire de trop grandes
choses, veulent abuser de leur puissance, ou est-
il fortuit, fatal et indépendant de leur volonté?
J'inclinerais à penser que les femmes sont absolument maîtresses de cette mise en scène. Om-
phale y avait eu recours pour faire filer Hercule
à ses pieds, léguant ainsi à toutes les dominatrices
de ce bas monde une recette infaillible pour
triompher des volontés rebelles et se faire accorder la bonne mesure.

Arabelle n'avait pas d'autre intention. Il s'agissait pour elle d'obtenir de Diomède qu'il voulût
bien donner, dans son hôtel, un bal masqué auquel seraient invitées toutes ses amies de l'Opéra
ainsi que les autres beautés en renom. Elle sut
si bien le prendre et apporter tant de grâce dans
ses supplications, qu'il consentit, en mettant

pourtant comme condition que cette fête n'aurait
lieu que dans un mois. Il avait ses raisons pour
demander ce délai ; son aventure avec la comtesse
le préoccupait beaucoup et allait forcément ame-
ner toutes sortes de complications. Arabelle se
déclara satisfaite lorsque Diomède lui permit d'annoncer cette bonne nouvelle à toutes les petites
diablesses qui devaient prendre part au sabbat.
Elle se mit à danser de joie et parvint presque
à dissiper les nuages amoncelés sur le front de
Diomède.

— Pourquoi, dit-il en se frappant le front, après
qu'Arabelle fut partie, la comtesse fait-elle un
drame de ce qui pour celle-là n'est qu'une comédie ?

Mais il ne se trouvait pas dans une disposition
d'esprit qui lui permit de penser longuement.
Les folles intentions de la comtesse l'inquié-
taient, et il ne savait pas encore s'il profite-
rait de cette bonne fortune qu'il n'avait point
recherchée, ou si intervertissant les rôles, il n'ar-
rêterait point au bord de l'abîme la malheureuse
créature prête à y tomber. Sa nature généreuse s'opposait à ce qu'il assimilât la comtesse
aux autres petites croqueuses de pommes n'ayant
plus rien à perdre, ni rien à ménager, qui accou-

raient le sourire aux lèvres, pour charmer sa
fainéantise et céder à ses faiblesses.

Le soir il dînait chez Sertorius et devait se
trouver parmi des penseurs et des savants auxquels il fallait cacher ses anxiétés. Il pressentait
qu'il aurait à discuter avec eux, afin de se montrer digne de cette réputation de lettré que son
cher maître n'avait pas dû manquer de lui faire.
Il partit avec l'intention d'écouter les autres et de
ne rien dire.

* *

Sertorius l'attendait comme le Messie pour le
présenter aux personnes déjà réunies dans son
salon. Au premier rang, se trouvait le docteur
Gottorp, auteur d'une traduction du poëme de
Lucrèce, et d'un commentaire sur sa philosophie.
Ce Suédois possédait le double mérite, d'être
original et de parler très-purement le fran-
çais. Sertorius se montrait fort déférent pour
cet ami que l'Institut avait choisi comme membre correspondant. Diomède s'inclina, et frémit en
songeant aux longues tirades dont allait infailliblement le gratifier le front proéminent de ce
savant en *us*. On annonça le comte de Roskoff plus

enrichi que jamais de plaques en diamants. Il salua son amphitryon, et s'approcha de Diomède pour le féliciter de la fête à laquelle il l'avait convié. En même temps, il lui donna des nouvelles de la comtesse qui était disait-il nerveuse et souffrante à ce point de ne pouvoir l'accompagner dans le voyage qu'il allait faire en Russie. Il raconta à Sertorius et à Diomède tout ce qu'avaient prescrit trois grands médecins appelés en consultation.

Diomède très fixé sur ce point ne prit pas au sérieux cette indisposition de commande. Il affirma à M. de Roskoff qu'à son retour de Russie, il trouverait la comtesse tout à fait rétablie.

On se mit à table, et on mangea beaucoup. Les savants ne sont dans les nuages que sous le plafond de leur cabinet.

A table ils descendent des régions élevées de la pensée et suspendent les fonctions du cerveau. Gottorp ne dissimula pas le plaisir qu'il éprouvait à savourer des mets délicats, et fit l'apologie de la cuisine française qu'il proclama la première du monde. Par malheur, dit-il, la nature ne nous a donné qu'un seul estomac, sans doute pour nous prescrire l'instinct de la sobriété.. Il est vrai que les plus raisonnables ne tiennent pas compte de l'avertissement et non contents d'user, abusent des bonnes choses. J'ai remarqué que les grands personnages de tous les pays ont presque tous des gastrites, et en sont réduits à ne pouvoir toucher aux plats succulents dont se composent les festins apprêtés exprès pour eux. Ils en sont aux eaux minérales et à tous ces expédients qu'ont inventés les charlatans pour calmer les douleurs de ceux qui souffrent, ou réveiller l'appétit de ceux qui n'ont pas faim. C'est surtout dans les capitales qu'on rencontre ces infortunés qui sont les victimes de la vie mondaine. Comparez donc, la fourchette à la main, les grands personnages dont je parle, avec les habitants de la campagne. Ceux-ci dévorent, digèrent tout, et sont pourvus d'un foie actif et puissant qui leur permet de manger à volonté, tandis que les premiers ministres, les grands seigneurs, les grands financiers qui ont à leur service les meilleurs cuisiniers n'osent respirer que le parfum des mets.

— C'est à Paris surtout, reprit Diomède, qu'on rencontre les plus belles gastrites. Les grands restaurants sont peuplés de ces valétudinaires condamnés à ne vivre que de consommés et de blancs de poulet. On les a surnommés les invalides de la *petite marmite*, parce qu'on apprête à leur intention quelques petits plats inoffensifs que veulent bien accepter les gastralgies, les rhumatismes, la goutte et les névralgies qui, après un abus de trop bons dîners, ont fondu sur eux. Leurs papilles à jamais émoussées, les réduisent à un carême sans fin. L'homme du reste semble conspirer sans cesse contre sa santé, et ne sait qu'imaginer pour sortir de son état normal. Les uns se grisent, les autres s'étourdissent avec du tabac, de l'opium ou des parfums ; d'autres encore entreprennent des tâches impossibles et se créent des préoccupations, des soucis et des inquiétudes qui les épuisent et les font vieux avant l'âge. Absorbés par le travail de cabinet, ils ne prennent aucun exercice, surmènent leur système nerveux et laissent dans une inaction complète leur système musculaire. Ils en arrivent à perdre le sommeil et l'appétit et à souffrir ceux-ci de la tête, ceux-là de l'estomac. Ils sont de mauvaise humeur et amenés par degré soit à la misanthropie, soit au spleen. Ils sont sans indulgence pour les autres, et dupes d'une erreur qui consiste à croire qu'il n'y a plus de gens bien portants sur la terre.

— En effet, dit Sertorius, les êtres sortent heureux des mains du Créateur. Seul parmi tous les animaux, l'homme se livrant à des abus de toute

sorte, détruit cette félicité divine, et traîne péniblement ses souffrances.

— Les bêtes, reprit Diomède, sont plus sages
que nous. Comment voulez-vous que la santé résiste aux efforts que tentent ceux qui veulent
faire entrer dans leur cervelle, les sciences, les
lettres, la politique, l'histoire, le droit, que sais-je
encore? C'est à mourir à la peine, et cependant
c'est une épreuve dangereuse que doit inévitable-
ment affronter celui qui veut conquérir une place
d'élite parmi ses semblables. Je ne parle pas
des fatigues et des soucis auxquels s'exposent de
leur côté les financiers et les industriels qui quelque prudents qu'ils soient, sont forcés trop souvent de risquer leur fortune et leur honneur dans
des entreprises aventureuses. Croyez-moi, les animaux qui sont régis par des lois fatales auxquelles ils ne peuvent se soustraire ont une destinée
cent fois préférable à celle de l'homme doué de
libre arbitre et régi par une loi morale à laquelle il
peut échapper. Il n'y a pas de roi sur son trône,
de nabab dans son palais, jouissant d'une félicité
égale à celle de cet oiseau qui vole éperdument
dans l'espace, buvant l'air et les rayons du soleil
ou de cet insecte aux ailes d'or installé dans le
pétale d'une rose convertie pour lui en grotte

merveilleuse, et se grisant du parfum de la fleur.
Tout, pour cet oiseau et cet insecte, est splendeur et jouissance. La goutte et la migraine n'existent pas pour ces privilégiés de la création.

Après cette dissertation, on passa au système
de sélection de Darwin que Sertorius soumit à
l'appréciation de ses convives.

Le comte de Roskoff crut le moment favorable
pour risquer quelques observations.

— Je suis de cet avis, dit-il en s'adressant à
Sertorius, que l'homme ne peut descendre du
singe. L'homme et le singe sont de nature diffé-
rente, et tous deux condamnés fatalement à rester ce qu'ils sont.

— Je ne me prononcerai point là-dessus, dit
Diomède, je me bornerai à constater qu'il y a
des hommes qui sont moins fins que les singes,
et d'autres qui sont beaucoup plus laids.

— Et vous, mon cher Gottorp, quel est votre
avis? dit Sertorius.

— Moi, messieurs, vous devinez mes vues en
pareilles matières, je suis élève de Lucrèce et
comme lui matérialiste en extase devant la Nature,
et lui reconnaissant une puissance infinie, même
celle de nous donner les facultés intellectuelles
que l'erreur des spiritualistes persiste à faire

découler d'une autre source. Dieu c'est la nature, ou si vous le préférez, la nature c'est Dieu. Nous vivons de ses bienfaits, nous sommes conservés et protégés par ses lois fatales et immuables, et malheur à celle des molécules minérale, végétale ou animale de ce globe de laquelle cette puissance vient à se retirer. L'immortalité, selon moi, gît dans la transformation sans fin, et non dans cette conservation absurde de l'individualité ou de l'être, que vos religions envoient après la mort dans les enfers, les paradis, les purgatoires et autres réceptacles imaginaires où on accorde les invalides à tout ce qui a passé sur la terre. L'âme transmigre, la matière se transforme. Ce flambeau que je touche est peut-être formé avec l'or des vases que Verrès vola en Sicile. Qui sait si l'âme de mon brave ami Sertorius n'est point celle d'Aristote qui, après avoir habité des crânes assez médiocres, a enfin retrouvé un puissant cerveau? Les spirites sont des charlatans qu'on a raison de poursuivre, parce qu'ils trichent, et prétendent évoquer telle âme et la reconnaître. Mais le fond de leur doctrine est vrai. L'âme d'Adam habite quelque part, croyez-moi. Mais cessez de me croire si je prétends, à l'aide de fantasmagories grossières,

retrouver cette âme, et la servir toute chaude
aux imbéciles que j'aurais invités pour l'entendre.

Diomède, qui était un déiste ardent, professait
une sainte horreur pour les matérialistes, et se
serait proclamé catholique apostolique et romain
plutôt que de pactiser avec eux. Cette théorie
échauffa ses oreilles à ce point de lui faire inter-
rompre ce Scandinave.

Permettez-moi, dit-il au docteur Gottorp, de
vous demander de préciser un point que vous avez
laissé obscur. Vous admettez l'âme, mais qui peut
l'avoir créée si ce n'est un Dieu tout esprit, et
distinct de la matière? Car enfin tout imparfait
que soit l'homme, il y a en lui des dons qui ne
peuvent venir que de ce Dieu. Le génie est
d'essence divine, puis viennent ensuite des émotions, et des sentiments nobles qui ne peuvent
résulter ni sortir de la matière, et repoussent
toute affinité et tout rapport avec elle. Les molécules ne sont pour rien dans les larmes que répand
une créature qu'un grand chagrin moral atteint,
et Virgile lui-même ne l'entendait pas ainsi quand
il disait: *Sunt lacrimæ rerum.* S'il y a des
œuvres que les hommes font avec leurs bras, il
en est d'autres qu'ils font avec leur âme, et le

limon, la matière dont ils sont formés ne sont pour rien dans ces œuvres.

— Je respecte vos scrupules, reprit le docteur, et je crois qu'un malentendu seul nous empêche d'être du même avis. La matière aussi bien dans l'homme que dans tout ce qui existe sur la terre, sert d'enveloppe à l'âme. La nature a mis des âmes partout, et n'en a pas gratifié que les hommes, ainsi que notre orgueil l'a toujours affirmé. Cette étincelle qui par un choc jaillit d'un caillou, cette quintessence subtile qu'on peut extraire des plantes et qui brûle sont l'âme de ce caillou et de ces plantes. Cette matière que tels spiritualistes dédaignent et réputent vile, pétrie par cette puissante magicienne qu'on appelle la nature, subit des modifications infinies. Elle est solide, liquide, gazeuse, et fluide. Le calorique, la douleur, la volupté, le magnétisme, la lumière sont autant de modifications fluides de cette matière. Et parce que les savants n'ont pu la suivre dans les transformations au delà de cet état fluide, ils en ont conclu qu'il lui était interdit d'aller plus loin, et d'affecter une forme plus éthérée. Bientôt des instruments permettront de démentir cette erreur, et d'indiquer en traits compréhensibles, comment la matière, avec du limon pour point de départ,

peut après une longue série de transformations,
parvenir au dernier degré de l'épuration et se
spiritualiser elle-même. J'admets ce miracle que
la science un jour expliquera, quand elle aura enfin
compris l'omnipotence de cette force unique : la
Nature !

Cette hypothèse audacieuse fit de nouveau bon-
dir Diomède, qui prenant à parti le docteur pour
la seconde fois, répondit que la Nature qu'il
invoquait sans cesse et à laquelle il ramenait tout,
n'était en réalité qu'une puissance aveugle et
malfaisante.

— Rien, dit-il, ne pourrait justifier ses cruautés
et ses persécutions. Elle fait depuis le commencement du monde une guerre d'extermination
aux hommes qui n'ont point demandé à naître.
Elle les brûle sous l'équateur, les glace de froid
sous les pôles, et partout se plaît à détruire leur
ouvrage. L'homme perpétuellement traqué par
la misère, la douleur et le danger qu'elle a
chargés de l'escorter, en est réduit à lutter sans
cesse contre ces trois fléaux. Ici des inondations
le submergent, ailleurs des épidémies le déci-
ment. Cette Nature apporte dans la cruauté, un
raffinement épouvantable. C'est ainsi qu'il lui a
plu de varier à l'infini les formes de la douleur. Le

mal d'estomac diffère du mal de gorge, et du mal
de l'oreille. La brûlure est une autre variété de
torture, et ne ressemble pas à la morsure, laquelle
diffère de la piqûre d'un reptile. Toutes infligent au
patient des supplices différents. Rien ne saurait fléchir son aveugle fureur. Elle frappe stupidement,
et dans l'excès de sa perversité, il semble qu'elle
prenne à plaisir d'épargner ce qui est laid, et
d'immoler ce qui est rare. Lorsqu'elle déchaîne
ses grandes forces, rien ne trouve grâce devant
elle. En temps d'épidémie, les plus beaux sont ses
premières victimes. Si elle s'en prend aux choses,
c'est avec le même imperturbable aveuglement,
avec la même implacable stupidité qu'elle anéan-
tira pour toujours l'une des merveilles du monde.
Dans sa balance, le Parthénon et la Sainte-Chapelle
ne pèsent pas plus qu'une fourmilière. Nous la
voyons donner d'une main et reprendre de l'autre, nous gratifier de la vigne, et créer ensuite le
phylloxera ; accorder des siècles d'existence à des
crapauds et tuer Raphaël à trente-cinq ans, faire
produire des crétins à des époux beaux et charmants, et permettre que d'une fille de joie, que
violente un masque très-ivre pendant une nuit
de carnaval, naisse un homme de génie ! Non,
mille fois non, je ne m'inclinerai jamais devant

16

la Nature, et je réserverai mon respect et mon amour pour le Dieu qui me protége contre ses dérèglements. Mais j'en ai trop dit, pardonnez-moi mes emportements qui s'adressaient à des doctrines et non à l'éminent esprit que j'ai eu la témérité de contredire.

Le Scandinave Gottorp n'accepta pas tant d'humilité. Il dit à Diomède qu'il l'avait écouté avec beaucoup d'intérêt, mais qu'il n'entreprendrait pas de le réfuter, ne voulant point oublier qu'il était à un festin. Il préférait pour l'instant causer de sujets moins abstraits et déguster l'excellent vin de Chambertin dont son ami Sertorius avait rempli son verre. En sa qualité de maitre de maison, Sertorius approuva cette résolution, et regardant Diomède, qui avait toujours flatté son amour-propre, il lui dit :

— Bravo, mon élève, je vois qu'au milieu des délices de Capoue, vous n'avez pas oublié ce que je vous ai enseigné. Comme il est regrettable que l'abbé Tiberge, qui vous considère comme un mécréant, et qui m'a tant de fois reproché d'avoir fait de vous un matérialiste, n'ait pas été là pour vous entendre.

A partir de cet instant le diner devint plus gai. On avait clos les discussions ennuyeuses, pour se consacrer à la gaieté. De la façon dont on buvait, il était permis d'espérer de voir bientôt messieurs les savants en goguette. Mais Gottorp eût été de force à boire dans la coupe d'Hercule. En supposant son cerveau capable de contenir autant de fumée de vin, qu'il pouvait supporter de métaphysique, il aurait pu, à ce compte, faire sans perdre la raison, une brèche sérieuse dans la cave de Sertorius. Il voulut être sobre, et se contenta de boire quatre bouteilles de crus différents et une vingtaine de verres de Kummel.

Il était d'une nature tout à fa't rabelaisienne qui lui aurait permis de faire bonne contenance à ces repas corsés décrits dans *Gargantua*. Il appartenait à cette classe de privilégiés qui, bien que voués à l'étude, conservent un bon estomac et un excellent appétit. Il pouvait beaucoup parler, développer des systèmes, sans pour cela perdre une bouchée. C'était là une supériorité qui rendit envieux deux ou trois membres de l'Institut ainsi que le comte de Roskoff, tous réduits depuis longtemps à ne manger que des mets d'une digestion facile, et à ne boire qu'un peu de vin de Bordeaux.

La conversation dégénéra ensuite en bavardage.

Le comte de Roskoff apprenant que Gottorp

devait ne rentrer en Suède qu'après avoir visité
la Russie, lui proposa de faire le voyage ensemble.
L'offre fut acceptée.

Le soir, le comte de Roskoff retrouvant la comtesse, lui parla de ce dîner et ne manqua point
d'insister sur le talent qu'avait prouvé Diomède
en réfutant, aussi brillamment qu'il l'avait fait, les
hérésies du matérialiste suédois. Il ne soupçon-
nait pas les tentations et les désirs qu'il éveillait
dans l'âme de cette infortunée en lui parlant ainsi
des mérites de celui qui faisait tant soupirer son
cœur. On aurait dit que cette fois encore le diable
s'en mêlait, et poussait l'ironie jusqu'à choisir
la victime elle-même pour complice.

Le surlendemain le comte de Roskoff, emmail-
lotté dans ses fourrures, partait pour Saint-Pétersbourg. Une heure après son départ, la comtesse, entortillée de dentelles qui cachaient son
visage, montait dans une voiture de place, et s'en
allait frapper à la porte de Diomède.

*.*

Elle fut introduite par Brimborion sans que ce
petit nègre songeât même à la regarder, et amenée
dans un petit boudoir tendu en damas d'or, séparé

de la chambre à coucher par une simple draperie. Son émotion était si grande, qu'elle se laissa tomber sur une chaise longue, où elle resta quelques minutes sans pouvoir articuler une parole. Lorsqu'elle eut recouvré l'usage de ses sens, elle aperçut Diomède agenouillé près de la chaise.

— Ayez pitié de moi, dit-elle. Vous avez devant les yeux une pauvre créature vaincue qui ne cherchera même pas à se justifier et qui sait bien que toutes ses protestations ne pourraient atténuer en rien la gravité de son imprudente action. En entrant ici, je me livre sans condition, puisque j'y suis venue de par ma volonté, et sans que vous m'ayez demandé ce sacrifice. J'ai perdu la tête et je n'ai plus d'espoir qu'en votre générosité.

— Vous avez raison, madame la comtesse, dit Diomède, de compter sur ma générosité. En venant ici, vous n'avez pas cessé d'être libre et demeurez convaincue qu'il n'en sera que ce que vous voudrez. On a dû vous dire du mal de moi. On m'a calomnié. Mais rassurez-vous. Une femme distinguée comme vous l'êtes, ne court nulle part moins de danger que près d'un libertin comme moi. Si j'étais un amoureux, ce serait tout différent et il y aurait déjà longtemps que vous seriez perdue. Si vous m'en croyez, nous

sortirons de ces raisonnements à perte de
vue, qui ne sont d'aucune utilité, et nous en
viendrons tout de suite au but. N'allez pas surtout me dire que le diable a inventé pour vous
un cas spécial de fatalité. Ce qui vous arrive est
arrivé déjà à un très-grand nombre de femmes.
Vous êtes malheureuse, parce qu'il y a en vous
des ardeurs de jeunesse et des emportements de
race qui se révoltent, et ne veulent pas s'accom-
moder des petits arrangements que les égoïstes
dont la société est en majorité composée, ont
jugés suffisants. Vous êtes belle, vous êtes jeune,
la nature vous ordonne d'aimer et on a eu
l'erreur de croire qu'on vous avait procuré tout
ce qu'il fallait pour cela, en unissant votre printemps à l'hiver de votre triste époux. J'entre
dans ces détails pour vous épargner de les dire
vous-même, puis pour vous prouver que je lis
dans votre cœur aussi couramment que je pourrais le faire dans le livre qui est là sur cette
table. Je n'ajouterai qu'un mot qui a son importance. Je ne sais ce qu'il en adviendra, mais ce
que je puis vous affirmer, c'est que tout ce qui
se passera entre nous, restera secret, j'en fais
le serment. Il est écrit dans le livre du Destin,
comme disaient les anciens que je dois être

votre sacrificateur ou votre victime. D'avance,
j'accepte mon rôle, et je me sens armé de toutes
les vertus qu'il exige.

Ce langage empreint d'une si grande franchise rassura un peu la comtesse qui se sentit
alors respirer plus librement. Elle se leva et ôta
sa pelisse. Elle était vêtue à la mode russe. Elle
portait une robe de cachemire noir bordée
de petits galons d'or, puis une ceinture en
argent ciselé garnie de larges turquoises. Ses
cheveux, de cette nuance ardente qu'on retrouve
dans les tableaux de Titien, séparés en bandeaux
sur son front, formaient une seule natte assez
épaisse qui flottait sur son dos. Ses yeux noirs
scintillaient dans leur orbite, et contrastaient
délicieusement avec sa peau plus blanche que
la neige de son pays. Sa taille aussi mince que
flexible ondulait par moment et semblait trahir
les impatiences, les vivacités et les audaces que
sa raison avait à réprimer.

— Je suis en sûreté chez vous, et je pourrai
sortir, sans courir de danger?

— Soyez tranquille. On a perdu la trace de
vos pas. Votre mari doit-il être absent longtemps?

— Quinze jours environ, le temps nécessaire

pour régler à Pétersbourg quelques affaires
d'argent.

Diomède, prenant la comtesse par la main, la
fit asseoir sur un canapé.

— Mais vous, mon cher cavalier, vous ne
devez pas être libre de votre temps. On m'a dit
qu'il appartenait à de fort charmantes personnes.

— C'est vrai, mais elles m'attendront et ne
me feront pas plus mauvaise mine.

— Ce sont donc des esclaves?

— Non, ce sont des créatures libres, mais
complaisantes et qui ont le talent de n'être jamais importunes. Si vous le voulez bien, nous les
laisserons là. Connaissez-vous vos mains? Avez-
vous remarqué comme elles sont élégantes et
blanches?

— N'insistez pas, reprit la comtesse. Il y a un
proverbe de mon pays qui dit que les mains blanches aiment le travail d'autrui.

— Je ne vois pas de mal à cela. Et vos doigts,
regardez comme ils sont effilés et flexibles. Ils
me comptent toutes sortes de secrets.

— Est-ce que vous savez lire dans la main?

— Voilà un quart d'heure que je lis dans la
vôtre. Je sais maintenant tout ce que vous pensez.

Diomède se rapprochant de la comtesse la prit par la taille et l'embrassa sur le front.

Elle pâlit et ne dit rien.

— Votre silence me prouve, reprit-il, que nous n'avons plus rien à nous dire. Vous êtes belle comme le péché, belle comme Ève quand elle mordit dans le fruit défendu.

La comtesse un peu irritée se dégagea de ses bras et fit une petite moue. Diomède la saisit de nouveau et la pressant sur son cœur lui dit :

— Je ne vous comprends pas. Pourquoi toutes ces hésitations? Vous figuriez-vous en venant me voir que vous ne me tenteriez pas, et que je n'éprouverais pour vous qu'un amour purement platonique? Vous vous êtes trompée. Je vous ai dit que je respecterais vos volontés. Je tiendrai mon serment et ce que je tente en ce moment, n'a pour but que de me fixer sur le motif qui vous a décidée à venir ici. Si, par hasard, il était entré dans vos vues que je dusse faire quarantaine à la porte de votre cœur, je vous avouerai que le ciel ne m'a point accordé la patience qu'il faut pour subir de semblables épreuves et que c'est méconnaître l'amour et le dépoétiser que de le soumettre à ces prosaïques formalités. Si vous étiez jeune fille et si j'aspirais à devenir votre

époux, je consentirais à vous faire ma cour, c'est-
à-dire à jouer ce rôle de niais qui semble en vérité
avoir été inventé tout exprès pour mettre un
amoureux dans la nécessité inévitable d'être gauche. Mais nous n'en sommes point là.

— Je le sais, reprit la comtesse, ce qui ne
m'empêche pas de trouver que vous allez un peu
trop vite en besogne. Je vous ai dit que j'étais à
votre merci, ayez un peu pitié de moi, et faites-moi
l'honneur de ne pas me confondre avec les beautés faciles dont vous êtes le généreux protecteur.
Un peu de patience. Armide n'est pas Phryné.
Laissez-moi tomber avec grâce et accordez à une
novice le temps qu'il faut pour apprendre à faire
un faux pas.

— Vous voulez alors reculer pour mieux sauter. C'est bien inutile. Quand donc la femme ces-
sera-t-elle de croire que l'hésitation grandit son
sacrifice et atténue sa faute? Je vous dirai avec
Balzac : « Je suis au désespoir, madame la com-
« tesse, que Dieu n'ait pas inventé pour la femme
« une autre manière de confirmer le don de son
« cœur, que d'y attacher le don de sa personne. »
Mais Balzac était juste, et voici ce que répondait
la femme au séducteur qui la pressait trop : « Je
« suis au désespoir que Dieu n'ait pas inventé

« pour l'homme une plus noble façon de confir-
« mer le don de son cœur, que les manifes-
« tations de désirs prodigieusement grossiers. »
Je vous ai cité ces réflexions parce qu'elles s'ap-
pliquent tout à fait à notre situation et qu'elles
nous prouvent que nous n'avons plus rien à nous
dire.

— Eh bien! alors, dit la comtesse, comme prête
à une grande résolution, je suis à vous à deux
conditions : d'abord vous jurerez que vous m'aimez, puis vous me permettrez d'ouvrir le coffret
placé près de votre lit et de voir ce qu'il renferme.

Diomède, en écoutant ces paroles, se leva fié-
vreusement et, prenant une petite clé, dit à la
comtesse :

— Prenez cette clef, ouvrez mon secrétaire,
je vous permets de lire les lettres qu'il contient ;
mais jamais, jamais, entendez-le bien, je n'ou-
vrirai devant vous ce coffret. Vous avez eu la
bonté de comparer mon hôtel au paradis terrestre,
j'accepte la comparaison. Dans mon paradis,
comme dans celui de la Bible, il y a le fruit défendu, et le fruit défendu, c'est ce coffret. Comme
je suis plus fort que notre mère Ève, il n'y aura
point de serpent assez malin, assez tentateur

pour me séduire; j'en avertis l'adorable démon
qui m'écoute.

Cette réplique inattendue réveilla la Moscovite
cachée sous les atours de la Parisienne, et la mit
en fureur. Il serait impossible de décrire le dépit,
la surprise et l'indignation qu'elle ressentit en
voyant dressé devant elle, calme et résolu, celui
qu'elle croyait avoir fléchi et qu'elle supposait
tout prêt à tomber à ses pieds. Elle foudroyait
des yeux Diomède et concevait aussitôt une haine
vigoureuse pour cet indifférent qui, dans cette
variante du jugement de Pâris, poussait l'impertinence jusqu'à lui refuser la pomme.

Elle prit sa pelisse, cacha sa figure sous une
épaisse mantille, et sortit sans dire un mot.

Elle fit condamner sa porte, afin de pouvoir
pleurer tout à son aise et dévorer sa honte. Mille
pensées folles et absurdes traversèrent son cerveau. Elle eut la migraine, puis deux ou trois
crises de nerfs, et ne parvint à triompher de sa
surexcitation qu'à force d'éther. Elle se coucha,
brisée, et ne put dormir un instant. Son amour-
propre avait été outragé à ce point qu'elle n'osait
plus se regarder dans sa glace. Il lui semblait
qu'elle portait imprimé sur le visage le stigmate
de son affront. Si le comte de Roskoff eût été là,

il lui eût été impossible de dissimuler son trouble et son courroux. Le lendemain, elle ne quitta point sa chambre, et, pour la première fois de sa vie, ne se fit pas coiffer.

Il n'y avait point à demander conseil, même à l'ami le plus sûr et le plus dévoué. Elle en était réduite aux seules lumières de sa raison et de son bon sens. Elle fit tous ses efforts pour demeurer calme et ne point en arriver à des résolutions extrêmes. Son amour-propre, prenant le dessus, lui persuada qu'elle ne devait point rester sous le coup de cet affront. Alors, faisant appel à tout son courage, elle s'habilla et se fit conduire chez Diomède.

Elle le trouva seul, dans le même boudoir, avec deux chiens danois couchés à ses pieds. Elle arrivait, cette fois, le visage découvert et avec l'assurance d'une visiteuse qui brave les indiscrets.

Diomède alla au-devant d'elle et la salua avec un profond respect.

— Vous ne pensiez pas me revoir sitôt? lui dit-elle.

— J'avoue, madame la comtesse, qu'après votre brusque départ, je ne comptais pas sur votre visite; mais soyez la bienvenue, et quittez, je vous en prie, cet air sévère.

17

— Je ne suis plus la timide visiteuse de l'autre jour. Vous voyez en moi une Moscovite qui a jeté son bonnet par-dessus le Kremlin, et qui se soucie fort peu de ce que le monde pourrait penser d'elle. Vous m'avez bien brutalement fait comprendre, toute comtesse que je suis, qu'à vos yeux, je ne valais pas mieux que ces demoiselles de l'Opéra.

— Vous êtes injuste ; et une comtesse devrait, ce me semble, rendre hommage au sentiment qui m'a fait résister au caprice qui vous a passé par la tête. Pourquoi n'ai-je pas eu le bonheur de vous rencontrer alors que vous étiez jeune fille ? Vous ne seriez pas devenue la comtesse de Roskoff, et je n'eusse point été enchaîné par le serment que j'ai fait de respecter les reliques contenues dans ce coffret. Loin de blâmer ce culte du souvenir, vous devriez, au contraire, me savoir gré d'y demeurer fidèle et me féliciter de la façon dont je sais aimer.

— Vous ne voulez pas me comprendre, mon tiède adorateur. Étant mariée, je ne puis vous épouser ; vous, de votre côté, étant garçon, je ne pouvais songer à vous faire trahir votre femme. A défaut de cette rivale, je me suis retournée vers vos reliques, comme vous dites, au milieu desquelles gît votre cœur. C'était tout ce que je pouvais vous faire trahir. Je trouvais dans la profanation que je leur eusse infligée une sorte de compensation qui me consolait un peu de tout ce que je vous sacrifiais. C'était là une lutte acceptable et dont mon amour-propre se contentait, car je pouvais me flatter d'avoir triomphé d'une rivale digne de moi; mais vous vous êtes fâché et vous n'avez voulu me sacrifier que M<sup>lle</sup> Arabelle; c'était trop peu, convenez-en. Un jour viendra où une effrontée, livrant assaut à votre cœur, fera justice de vos scrupules et forcera le sanctuaire ; j'aurais voulu être cette effrontée, je ne m'en défends pas, et pouvoir briser la prison dans laquelle, par suite d'un inexplicable malentendu, il vous plaît d'enfermer votre âme, au risque de n'être plus que l'ombre de vous-même et de vous priver des plus douces sensations et des extases les plus pures. Si j'avais réussi, je vous enlevais au libertinage, qui dégrade, et je vous restituais à l'amour, qui rehausse. C'était là mon rêve; il s'est évanoui, emportant avec lui toutes les illusions qui s'étaient, à votre vue, éveillées dans mon esprit. Quand une femme s'est éprise d'un homme, elle acquiert tout de suite cette seconde vue qui m'a permis de deviner le mystère que

vous cachez à tout le monde, et que vous faites
bien de cacher, parce que sa divulgation vous
enlèverait tout prestige, et prouverait que celui
qu'on persiste à prendre pour un don Juan et
pour un grand séducteur n'est, en réalité, que
le plus niais, le plus naïf des amoureux, la pâle
copie de l'amant de la lune. Votre hôtel n'est
décidément qu'un temple d'innocence et de fidélité, dans lequel une Putiphar comme moi n'a
rien à faire. Il ne me reste qu'à céder la place
aux petites drôlesses qui viennent y débiter au
cachet leurs charmes et leurs attraits.

Diomède eut le courage d'écouter cet accès de
dépit sans dire un mot; mais à la fin, il comprit
qu'il y allait de sa dignité de reprendre l'offen-
sive.

— Vous êtes impitoyable, madame la comtesse,
et j'ajouterai lâche. Car enfin, pourquoi cette
sortie contre des créatures qui ne marchent point
sur vos brisées? Vous parlez sous la dictée de
l'orgueil, et vous ne me pardonnez pas d'avoir
trouvé dans le serment qui m'enchaîne la force
de résister à vos tentations diaboliques. En vous
résignant à imiter ce que font les petites drôlesses
qui se détaillent au cachet, vous perdez le droit
de les blâmer, et ce n'est pas, soyez-en convaincue,

la condition à laquelle vous subordonnez votre chute qui atténuerait en rien votre perdition. Résignez-vous, ma belle indignée, je suis tout prêt à me damner avec vous, mais mon cœur ne sera point de la partie.

—Vous m'avez dit que j'étais lâche, je vous dirai à mon tour, reprit la comtesse, que vous êtes cruel et présomptueux ; cruel parce que vous n'opposez que des duretés à ce qui mériterait des caresses, et présomptueux parce que vous croyez que j'ai épuisé les stratagèmes, les piéges, les duplicités et les tentations qui doivent à un moment donné vous faire tomber à mes genoux. Vous avez repoussé mes avances, ce qui ne vous empêchera pas, plus tôt que vous ne le pensez, de briguer mes faveurs.

— Jamais, dit Diomède, si pour les obtenir il faut profaner ce que j'ai juré de respecter.

La comtesse, épuisée par cette lutte, se mit à pleurer. Elle dénoua la ceinture qui l'oppressait, puis, passant ses bras autour du cou de Diomède, elle lui dit à voix basse, au milieu d'un soupir plein de langueur:

—Je suis vaincue, et je me rends à discrétion. Si votre froideur me glace, votre franchise me prouve que vous avez beaucoup de cœur.

17.

Aussitôt elle tomba dans un demi-sommeil, répétant avec un accent de tendresse: *Je t'aime Diomède, et je suis à toi!*

Que se passa-t-il ensuite? Il faut pour le comprendre percer le nuage qu'en pareils endroits de son récit, un auteur qui respecte son lecteur est obligé d'appeler à son secours.

Il était cinq heures du soir lorsque le nuage se dissipa. M. le comte de Roskoff était devenu le confrère de Sganarelle, et Mᵐᵉ la comtesse, dans son trouble, avait perdu sa pantoufle que Diomède trouva près d'un canapé. Il la ramassa et y fit entrer le pied charmant qui s'en était échappé.

La comtesse, pendue au bras de Diomède, le conduisit dans sa chambre devant le coffret et lui demanda la permission de soulever le rideau transparent qui le dissimulait à peine. Alors, recourant à des câlineries de chatte, donnant à ses regards et à ses sourires cette séduction dont dispose toujours la femme qui appelle le diable à son secours, elle supplia de sa voix la plus tendre son farouche vainqueur de lui confier la clé de ce coffret.

Diomède résista, et changeant d'attitude et de physionomie, lui signifia que ses supplications seraient inutiles.

Le ton de supériorité sur lequel il lui parla déconcerta la comtesse et la fit entrer en fureur.

— C'est votre dernier mot, Diomède? lui dit-elle; vous ne voulez décidément pas ouvrir ce coffret?

— Non, jamais, n'y comptez pas, et éloignons-nous.

A peine avait-il achevé cette phrase, que la comtesse éclata en imprécations. Elle l'accabla de reproches et l'accusa de manquer de cœur, de générosité et de justice.

— L'autre jour, dit-elle, j'avais pu comprendre votre refus. Aussi suis-je revenue; mais aujourd'hui, après ce que j'ai fait, après que je me suis livrée à vous, et que je vous ai sacrifié mon honneur, ce qu'il y a de plus précieux en ce monde, vous refusez encore! Eh bien! soyez maudit, je vous hais, je vous fuis, et vous ne me reverrez jamais.

La malheureuse retourna chez elle humiliée, mortifiée, honteuse et tout en larmes. L'énormité de sa faute se dressait devant-elle comme un fantôme qui l'épouvantait. Elle était bien forcée de se reconnaitre seule responsable de cette morne aventure. Tous les torts étaient de son côté. Son désespoir touchait à la folie. C'en était fait pour elle des joies de ce monde; il ne lui restait plus qu'à porter pour le reste de ses jours le deuil de son honneur.

Quelque temps après, le comte de Roskoff revint de Saint-Pétersbourg. Il retrouva la comtesse plus malade, et sur sa demande, il l'emmena passer la fin de l'hiver à Nice.

Dans ce même boudoir jaune où s'était déroulé le drame avec la comtesse, Diomède causait un matin avec Arabelle du bal masqué qui devait avoir lieu dans quelques jours. Cette petite insouciante, qui ne s'était jamais demandé ce que pouvait renfermer la cassette de fer, bavardait à tort et à travers, et consultait Diomède sur le choix de son costume. Elle hésitait entre celui de Colombine et celui de l'Aurore qu'un couturier de la rue de la Paix avait préparé pour une duchesse.

— As-tu des doigts de rose, lui dit Diomède, pour ouvrir les portes de l'Orient?

— Non, dit Arabelle, et le couturier m'a prévenue que c'était la seule chose qu'il ne s'engageait point à fournir.

— Eh bien, si cet accessoire important te manque, prends le costume de Colombine. Tu peux être bien sûre de trouver des arlequins.

En cet instant Arabelle, assise sur un canapé, sentit que sa robe était accrochée dans le dos. Elle ne put arracher l'agrafe ou l'épingle entrée dans l'étoffe. Diomède lui porta secours et enleva un petit lézard en diamants qui avait causé cette piqûre. Ce bijou, très-élégant, plut fort à Arabelle, qui le pria de le lui donner.

— Du tout, dit Diomède, cette broche appartient à une de mes cousines qui est venue me faire visite hier. Je la lui rendrai ; je suis même étonné qu'elle ne me l'ait point encore réclamée.

Puis, prenant ce lézard, il l'enferma dans le tiroir de son secrétaire. Il se rappela aussitôt que c'était la comtesse de Roskoff qui l'avait oublié.

Arabelle n'insista point, sachant bien que cette trouvaille lui vaudrait un cadeau.

Zamor ouvrit la porte et remit à son maître une carte posée sur un plateau.

La carte était celle de l'abbé Tiberge.

— Est-ce que M. l'abbé Tiberge est là ?

— Oui, monsieur, répondit Zamor.

— Fais-le entrer tout de suite.

— Je me sauve, dit Arabelle ; ma place n'est plus ici.

— Reste, au contraire, dit Diomède.

L'abbé fut introduit. Diomède alla à sa rencontre, et le pria de lui faire connaître l'heureux hasard auquel il devait sa visite.

L'abbé Tiberge le salua d'un ton solennel, fronça le sourcil en apercevant la jupe d'Arabelle, et se signa. Cela fait, il dit qu'il désirait se trouver seul avec lui.

— Je suis à vos ordres, mon cher abbé ; veuillez, je vous prie, venir dans mon cabinet de travail.

— Eh bien, dit Diomède, que dit-on à Alençon?

— Rien d'important, dit l'abbé, avec un petit air pincé.

— Se souvient-on encore de ma brave femme de tante? A-t-on oublié ses charités?

— La pauvre dame est très-vénérée, et on s'aperçoit qu'elle n'est plus là pour secourir les malheureux.

— Je remédierai à cela. Pourquoi n'êtes-vous pas venu me voir plus tôt?

— Il y a, pour qu'il en soit ainsi, bien des motifs, reprit l'abbé. D'abord j'appréhendais d'entrer dans cet hôtel ; vous avez une détestable réputation, et même, à Alençon, on n'ignore pas l'usage que vous faites de votre fortune. C'est vraiment dommage de voir qu'en très-peu de

temps, vous, aurez, par vos folles dépenses et
votre inconduite, anéanti un patrimoine que le
hasard a fait tomber entre vos mains. Ah! comme
j'avais raison de vous le disputer, et combien il
est injuste qu'une cause fortuite comme un
incendie ait fait avorter mes desseins généreux!
Car enfin si j'avais pu recueillir le bel héritage de
M<sup>me</sup> de Marande, je l'eusse consacré tout entier
à de bonnes œuvres. J'aurais ouvert des crèches
et des salles d'asile, et je serais venu au secours
des enfants, des malades, des vieillards et de tous
les déshérités de ce monde. Vous, au contraire,
vous préférez vous damner, vous dégrader, imiter
l'enfant prodigue, et, comme lui, ne point sortir
de la débauche et de l'orgie.

Ici Diomède eut l'irrévérence de rire.

— Et tenez, vous êtes déja perverti à ce point,
de rire au nez d'un prêtre qui vous fait entendre le langage de la raison. Au lieu de tous ces
actes charitables, que faites vous? Vous risquez
au jeu, sur une carte, une somme qui suffirait à
l'existence de toute une famille. Vous trouvez
charmant de faire couler des rivières en diamants,
coûtant plus cher qu'une ferme, sur les gorges
insolentes de drôlesses semblables à celle que j'ai
trouvée près de vous. Mais, misérable, songez donc

qu'il y a des pauvres qui manquent de pain, des
malades qui ont besoin d'emplâtres et de potions,
des veuves sans asile et des enfants abandonnés!
Du reste, je sais bien que je crie dans le désert,
et que je ne vous réformerai pas. Il est trop tard,
et encore quelque temps vous serez, prodigue
coupable, pécheur aveugle, cœur endurci, au bout
de votre rouleau. Alors vous errerez seul, aban-
donné de tous vos compagnons de débauche, de
tous les parasites qui vous grugent et sont les
complices assidus de vos débordements.

— « Je vois bien, continua Diomède en coupant
« brusquement la parole à l'abbé et en parlant
« sur le même ton, je vois bien que je vous
« embarrasse, et que vous vous passeriez fort aisé-
« ment de ma venue. A dire vrai, nous nous
« incommodons étrangement l'un l'autre, et si
« vous êtes las de me voir, je suis las aussi de
« vos déportements. Hélas! que nous savons peu
« ce que nous faisons, quand nous ne laissons
« pas au ciel le soin des choses qu'il nous faut,
« quand nous voulons être plus avisés que lui,
« que nous venons à l'importuner par nos souhaits
« aveugles et nos demandes inconsidérées.»
Voulez vous que je continue? C'est la prose de
Molière que je vous débite. C'est ainsi qu'il fait

parler don Louis donnant une leçon de morale à son fils don Juan. Vous voyez que ma citation ne manque pas d'à propos, et qu'elle va au-devant de ce que vous avez à me dire, tant il est vrai qu'il y a des siècles, qu'au nom de la morale, on répète sans variantes les mêmes choses.

— Don Juan fut foudroyé, observa l'abbé.

— Parce qu'il était athée, et vous savez bien, mon cher abbé, que je crois fermement en Dieu. Mais laissons là don Juan. Vous m'avez jeté à la tête les adjectifs les plus blessants et les plus désagréables du dictionnaire. Vous me permettrez bien de me justifier. Je vous dirai tout d'abord que je suis votre œuvre. Si je m'étais marié avec la femme que j'aimais, j'eusse été l'époux le plus régulier, le plus débonnaire qu'on puisse rêver. J'aurais des enfants, une famille, un intérieur, tandis que, grâce à vos machinations, je suis seul et réduit à m'étourdir pour oublier le mal que vous m'avez fait. Tout cela est irréparable, car je ne suppose pas que ce soit pour l'effacer que vous êtes venu ici ?

— Non, dit l'abbé, mais pour vous adresser un avertissement salutaire.

— Et lequel, s'il vous plaît ?

— Je venais vous rappeler que j'ai été votre

18

tuteur et que je pourrais bien reprendre mes
fonctions. Il est évident que vous marchez à une
ruine certaine. Votre fortune ne pourra longtemps
suffire à vos folles dépenses et à votre luxe. Je
me suis entendu avec vos parents éloignés, qui,
pendant votre minorité, ont fait partie de votre
conseil de famille. Ils sont tout prêts à agir pour
provoquer votre interdiction et sauver, s'il est
possible, quelques débris du naufrage où vous
péririez si nous n'étions point là pour vous protéger contre vous-même.

En cet instant Brimborion entra et avertit son
maître qu'un commis de son agent de change
demandait à le voir.

— Fais entrer tout de suite.

Le commis remit à Diomède, de la part de son
patron, une somme de onze cent mille francs,
montant du gain réalisé dans le mois, par les opérations faites à la Bourse, conformément à ses ordres.

Diomède remercia le commis et le chargea de
dire à son patron qu'il se proposait de le voir
dans la journée pour lui demander un conseil.

— Eh bien! mon cher abbé, persistez-vous à
croire que je me ruine? Non-seulement la fortune que m'a laissée ma tante est intacte, mais
il faut y ajouter deux ou trois autres millions,

que j'ai gagnés dans des spéculations heureuses,
aux courses de chevaux et au jeu. Je ne suis pas
moins reconnaissant de la sollicitude que veulent
bien avoir pour moi ces anciens parents dont
vous parlez. Conseillez-leur cependant, je crois
cela prudent, de ne pas me faire voir le bout de
leur nez, car il se pourrait bien que je n'eusse
pas pour eux, la même déférence que pour vous.
Il y a des gens qui ont des comptoirs et des navires qu'ils envoient au bout du monde, et qui
entreprennent des opérations lentes et compli-
quées; moi, je ne procède pas de la même façon
et je ne m'en trouve pas mal. Mais je n'abuserai
point de l'embarras dans lequel vous vous trouvez. Tout ce que je vous demande, c'est de reconnaître loyalement que vous vous êtes dérangé
pour rien. Avec une partie de ce million qu'on
m'apporte, je vais achever de payer un vieux
manoir que j'ai acheté, perdu au milieu des forêts, dans les environs de Nancy. Ce manoir appartenait, au quinzième siècle, au duc de Bourgogne. Vous viendrez m'y voir; je vous installerai
dans une chambre où habitait jadis la dame de
Ribeaucourt, une beauté célèbre, avec laquelle,
si on en croit la légende, Charles le Téméraire se
montra très-téméraire.

L'abbé, tout confus, ne savait quelle contenance tenir.

— Allons, dit Diomède, remettez-vous, mon cher tuteur, et consentez donc à avoir une bonne opinion de moi. Je ne suis pas du tout l'enfant prodigue dont vous parlez. Mes nuits sont calmes; je dors et je ne les consacre pas à l'orgie, ainsi que vous l'ont dit les mauvaises langues. Voyez, là, sur cette table, ces livres entr'ouverts; lisez les titres et vous serez édifié. Tenez, voici précisément les *Oraisons funèbres* de Bossuet; je les relis souvent, sans grand enthousiasme, je vous l'avouerai. Mais vous savez depuis longtemps mon opinion sur l'aigle de Meaux. Comme écrivain, c'est un artiste incomparable. Il est le virtuose de la phrase.

— Arrêtez-vous, Diomède. Vous savez bien que nous ne serions pas d'accord.

— Je m'arrête, mon cher abbé, et je reviens au but de votre visite. Je ne veux pas que vous ayez perdu votre temps. Vous m'avez parlé des malades, des infirmes, des vieillards qui réclament des secours. Vous avez raison de penser à eux, et je tiens à vous aider. Êtes-vous venu en voiture?

— Pourquoi cette question?

— C'est parce que je vais vous donner cent mille francs pour vos pauvres, et cette somme sera lourde à porter. Distribuez le tout aux malheureux. Si vos paroisses sont gênées, faites-le-moi savoir. Il ne faut pas que les églises tombent en ruines. Voulez-vous des bannières? Parlez, je suis à votre disposition. Aidez-moi, mon cher abbé, à racheter mon âme, que vous supposez être au pouvoir de Satan, et dites, je vous prie, aux amis officieux qui vous ont envoyé vers moi, que je suis probablement mieux noté au ciel qu'ils ne le sont de leur côté.

— J'accepte vos dons généreux, et je reconnais qu'ils rachètent une partie de vos fautes; mais je ne saurais, sans manquer à ma mission, vous donner une absolution complète. Cet acte charitable vous honore; je le considère comme un commencement de repentir. Persévérez, cela vaudra mieux que de rester dans l'erreur.

— Hélas! mon cher abbé, *errare humanum est, perseverare diabolicum.*

— Oui, persévérez, reprit l'abbé Tiberge, car songez que le pécheur éclairé qui s'égare est cent fois plus coupable que le pécheur ignorant. Faites appel aux lumières de votre esprit, et aussitôt toutes les joies frivoles de ce monde vous

18.

apparaîtront comme autant de turpitudes dégradantes.

— Je vous promets d'essayer. Mais ne comptez pas sur une conversion prochaine. Quelque chose me dit que j'ai encore à parcourir bien des espaces avant d'arriver au chemin de Damas.

— Vous êtes un fou, mais vous êtes charitable, et cela vous sauvera. Encore une ou deux visites, et je vous ramènerai dans la bonne voie.

— Que Dieu vous entende, monsieur l'abbé. Retournez à Alençon, et ne faites pas chorus avec ceux qui médisent de moi.

L'abbé prit les cent mille francs, remercia de nouveau et se retira content, mais un peu embarrassé.

*\**

Après son départ, Diomède rappela Arabelle, à laquelle il permit de ramasser quelques petites miettes tombées de la grosse somme qu'il enfermait dans sa caisse.

— C'est pour les frais de ton costume. Tu iras chez mon joaillier au Palais-Royal, et tu prendras un petit lézard en diamants, que je veux, à partir de ce soir, voir grimper sur la poitrine.

Le lendemain au soir, l'hôtel de l'avenue Gabriel, magnifiquement illuminé et tout garni de fleurs, recevait les personnes invitées à prendre part à la fête. Diomède avait averti ses nombreux amis du cercle. Les garçons étaient tous là, cela va sans dire. Il y avait aussi des maris. Leurs femmes indulgentes ne s'étaient point opposées à ce qu'ils assistassent à ce petit sabbat justifié par le carnaval. Ils portaient tous, c'était exigé, des manteaux vénitiens par-dessus leurs habits. Jamais on n'avait vu autant de lions de Saint-Marc réunis. Après l'heure du spectacle, on vit arriver les comédiennes parées de costumes de tous les temps et de tous les pays. Arabelle s'était montrée très-libérale dans ses invitations et avait appelé toutes les beautés à la mode. En peu d'instants il y eut dans les salons, dans la galerie et dans le jardin d'hiver tout un régiment de jolies personnes. Il serait impossible d'entreprendre une description détaillée des jupes, des corsages et des coiffures qui s'épanouissaient sous le feu des lustres. Les danses commencèrent aussitôt. Marie Stuart faisait vis-à-vis à Roxelane, la Pompadour à Phryné, Cléo-

pâtre à Isabeau de Davière, la Camargo à la belle
Gabrielle, Frétillon à Lucrèce, Colombine à la
Du Barry, Fanchon la Vielleuse à Armide, Vénus
à Desdémone, Psyché à Esméralda ; puis venaient
des bergères de Watteau, toutes pourvues de
petits bergers galants et fardés. Elles dansèrent
avec une animation qui devint contagieuse. On
vit alors les messieurs prendre part aux valses,
aux polkas et aux quadrilles, Arabelle allait de
groupe en groupe pour stimuler ses amies et leur
rappeler, de la part du maître de la maison,
qu'elles étaient chez elles et qu'elles pouvaient
rire, danser, et se divertir tout à leur aise. Ces
exhortations étaient inutiles. On se trémoussait
éperdument, et à tout instant les éclats de rire
de ces jeunes filles empêchaient d'entendre l'orchestre. Pendant les courts intervalles qui séparaient les valses des quadrilles, ces demoiselles,
appuyées sur le bras des cavaliers, circulaient
dans le jardin d'hiver, saccageant sans pitié les
fleurs des camélias qu'elles plaçaient dans leurs
cheveux. Diomède était ravi de ce massacre et
aidait les plus petites à saisir les fleurs placées
au sommet des arbustes. La moisson faite, ces
belles insouciantes, entendant la ritournelle,
recommençaient à danser.

Un peu plus tard l'intimité était parfaite entre les jeunes représentants du corps diplomatique, que Diomède comptait parmi ses amis, et le corps du ballet. C'était un échange de galants propos, accueillis par des rires qui laissaient voir les dents merveilleuses de ces vierges folles, parmi lesquelles il s'en trouvait beaucoup toutes prêtes à pécher par ignorance bien plus que par perversité. Elles étaient venues là, attirées comme des papillons par la lumière, au risque de se laisser brûler, sans avoir conscience du danger que courait leur vertu.

Diomède, qui était toujours philosophe, même au milieu d'une fête, quelque bruyante qu'elle fût, les obervait avec curiosité et disait à son professeur Sertorius, qu'il avait mis de la partie :

— Ces écervelées que vous voyez là appartiennent à deux catégories. Il y a les innocentes que le diable n'a pas encore marquées de sa griffe ; celles-là dansent pour s'amuser, sans penser à mal. Elles sont mises simplement, n'ont pas de diamants ; elles ont saccagé les camélias et n'ont même pas regardé les objets de valeur qui sont sur mes étagères. Elles danseront toute la nuit. Puis, il en est d'autres à côté qui sont déjà absolument perverties. Celles-là dansent pour la forme, dressent l'inventaire des choses de prix qui les entourent, et cherchent parmi nous quels sont ceux qui paraissent disposés à faire des folies pour leurs beaux yeux. Quand on va jouer, vous les verrez quitter la danse et rôder autour des tables. Avec celles-là, il faut se tenir sur ses gardes, autant qu'avec les autres on peut être confiant.

Ce qu'il avait prévu se réalisa tout de suite. Dès que les tables de jeu furent formées, on vit les plus expérimentées parmi ces demoiselles, quitter la danse et venir s'installer autour du tapis vert. Il y en avait parmi elles qui étaient encore toutes jeunes. D'autres ne parvenaient à tenir l'emploi de charmeuses qu'à l'aide de ces mille artifices inventés par la galanterie et la coquetterie combinées. Celles-là avaient appris dans les romans modernes cette théorie, qui consiste à considérer la beauté comme un capital. Il ne s'agit plus de trouver un amoureux, mais un capitaliste prêt à répandre des flots d'or à leurs pieds. Peu importait que ce protecteur fût beau ou laid, jeune ou vieux ; elles ne se préoccupaient que du chiffre de sa fortune. Il va sans dire que la fidélité était pour elles un mot absurde et vide de sens. Leur grand art consistait

à savoir conduire plusieurs intrigues à la fois et
à persuader à chacun des libertins qui achètent
leurs faveurs, qu'il était aimé pour lui-même et
préféré à tous ses rivaux. C'est là, dira-t-on, une
malice par trop grossière et par trop dévoilée. Il
n'en est rien, et elle réussit toujours. Si la statistique voulait porter ses investigations sur le
monde galant, elle prouverait qu'il y a à Paris
trois cents enchanteresses de cette catégorie,
ayant maison montée, avec voitures, laquais
poudrés et tout ce qui s'ensuit, se promenant
tous les jours autour des lacs du bois de Boulogne; qui, de six heures du soir à trois heures
du matin, passent successivement des bras du
petit baron dans ceux du beau vicomte, et de
ceux d'un homme politique dans ceux d'un
grand financier, et qui parviennent à faire croire
à chacun de ces charmants messieurs qu'il est
passionnément aimé. La journée a son programme
arrêté d'avance, et rien ne peut intervertir l'ordre
des rendez-vous. A celui-ci l'heure de la Bourse,
à cet autre l'heure de la séance des Chambres.
La soirée et la nuit ont d'autres destinations. Les
amoureux multiples de cette sultane affairée se ren-
contrent, fraternisent et restent très-longtemps,
sans s'en douter, actionnaires du même cœur.

Parmi les amis de Diomède assistant à la fête, se trouvaient de fort gros joueurs, passant la plupart de leurs nuits à taquiner les cartes. L'intimité était grande depuis longtemps entre eux et les jolies farceuses qui s'approchaient pour tenter la fortune. Un Espagnol au teint basané, à l'air fatal, prit le premier la banque et se fit apporter soixante rouleaux de mille francs.

— Vous savez, mesdames, s'écria-t-il en s'adressant à Sosthénie et à Solange, deux beautés sur le retour qui s'étaient assises, que nous sommes tous du cercle des *Éclaireurs*, et qu'il faut mettre au jeu tout ce qu'on veut risquer.

— Vous êtes un insolent, reprit Sosthénie. Voici nos bourses; j'ai des louis et Solange a des chèques.

— Sosthénie a raison, reprit un petit Russe tout rabougri, et qui ne ressemblait pas du tout à un cosaque; si ces dames sont malheureuses, je me porte garant.

Les autres joueurs ne disaient rien; ils se contentaient de montrer leurs billets de banque.

La partie fut tout de suite très-animée. La banque sauta, enlevée par le jeune Russe et par la belle Sosthénie, qui s'amusait à passer dans ses doigts les diamants de sa rivière. L'Espagnol tint bon, prit un autre chèque et continua la banque.

Le jeune Russe et le jeune Espagnol faisaient ainsi danser avec grâce les écus péniblement acquis par leurs pères. Le bruit courait que le père du Russe avait acquis les millions laissés à son fils en vendant des fourrures à la foire de Nijni-Novogorod, et en spéculant sur les peaux de lapins. Le père ayant amassé des trésors, il était juste que le fils les dissipât, et rendît en détail à la société ce que son père lui avait pris. Les prodigues, qu'on le croie bien, sont, dans l'état social, aussi précieux que les avares et les cupides. Que deviendrait le monde si les grandes fortunes restaient toujours dans les mêmes mains et continuaient à faire la boule de neige? Voilà ce que les moralistes persistent à ne pas vouloir comprendre, tout en applaudissant à l'abolition des majorats, qui a pulvérisé tous les grands patrimoines. Cette contradiction s'explique, par cette raison que le métier de moraliste consiste à n'être jamais content. Du jour où tout serait bien, sa profession n'existerait plus, et il tient à la conserver.

Tandis que les joueurs s'écharpaient avec furie, et risquaient sur une carte une somme qu'un

19

homme intelligent n'est point assuré de gagner en dix ans de travail, les danses continuaient avec rage. Les propos galants allaient aussi leur train. On en était arrivé, dans certains groupes, aux déclarations d'amour. Diomède circulait dans les salons et était arrêté à chaque pas par toutes ces jolies filles, qui ne s'étaient jamais vues à pareille fête. Arabelle le suivait pour le présenter à celles qu'il ne connaissait pas.

Le souper fut animé et bruyant. Les danseuses et les joueurs y apportaient un appétit féroce. Ils sortirent de table tous en proie à une légère ébriété. Les joueurs retournèrent à leurs tables. et les danseuses organisèrent le cotillon, qui ne dura pas moins d'une heure. Diomède y prit part et choisit pour valseuse une jeune fille de dix-sept ans, amie intime d'Arabelle. Elle se nommait Léonide La Blanche ; elle portait le costume de Psyché. Comme elle était venue seule, il ordonna, après le cotillon, d'atteler une voiture et de la reconduire.

Vers sept heures du matin, les invités partirent. Diomède se retira dans sa chambre, se demandant pourquoi il n'avait remarqué qu'à la fin du bal la jolie fille avec laquelle il avait valsé.

Le lendemain matin, après le déjeuner, étendu

sur une chaise longue dans son jardin d'hiver,
et tout en regardant les spirales de la fumée de
son cigare, il pensait à Léonide et ne se rendait
pas bien compte de la curiosité particulière qu'elle
éveillait en lui. Il trouvait même, vu l'état de son
cœur, qu'il y pensait trop. Il fit appeler son cocher et lui demanda dans quelle rue habitait la
personne qu'il avait reconduite la veille. Elle demeurait rue Blanche, n° 104, à l'entresol. Cela
fait, il prit machinalement le programme des
spectacles et se mit à le parcourir. Il découvrit
alors que cette enfant jouait au théâtre des Variétés dans un vaudeville intitulé : *le Mari aux
neuf femmes*. Aussitôt il sonna et donna l'ordre
à Jansénius d'aller louer une avant-scène de rez-
de-chaussée.

Il passa dans son cabinet, prit cinq mille francs
dans son secrétaire et les fit parvenir à Arabelle.
Celle-ci était habituée à ces sortes de surprise.
Cela signifiait que son cher seigneur s'apprêtait
à lui faire une infidélité. Elle se résignait
sans impatience et sans colère à cette rigueur,
sachant bien que, quoique séparée de Diomède,
elle n'avait pas moins de crédit sur lui.

Le soir, il était au théâtre des Variétés et voyait
apparaître la beauté qui l'attirait. Toutes les lor-

gnettes de l'orchestre étaient braquées sur elle
avec une obstination et une ténacité qui semblaient
la gêner. Diomède, qui déjà se croyait des droits
sur cette enfant, se sentit jaloux. Il n'y a pas,
pour un soupirant, de supplice pareil à celui de
voir sa belle jouer la comédie. En entrant en
scène, elle vient comme au-devant de tous les
mauvais sujets accourus là pour chercher des
aventures. Ce soir, vous n'avez rien à craindre;
mais demain! Qui sait si le hasard, ou un train
de chemin de fer, n'aura point amené dans la
salle l'Antinoüs ou le Nabab prédestiné à jeter
son dévolu sur celle que vous aimez, possédant,
celui-là, le visage qui doit la rendre rêveuse, celui-ci, le sac d'or qui la fera fléchir? Le danger
est partout, et la lutte est inégale et impossible
avec ce rival multiple qui s'appelle tout le monde,
lequel, forcément, sera toujours plus séduisant
que vous par la même raison qu'il fut plus spirituel que Voltaire.

Diomède était effrayé du succès de beauté
qu'obtenait la jeune comédienne, et craignait
que cette nouvelle Psyché ne répondît, ne fût-
ce que par un soupir, à tous les regards concu-
piscents qui l'enveloppaient. Il fut un peu rassuré
lorsqu'il constata qu'elle l'avait reconnu et qu'elle

lui avait souri. Comme il était pour les grands
moyens, il lui écrivit un billet ainsi conçu :

« C'est pour vous que je suis venu au théâtre.
« Comme vous ne jouez pas dans la dernière pièce,
« faites-moi l'honneur de venir me voir dans ma
« loge. Je vous remettrai un bijou que vous avez
« perdu, la nuit dernière, à mon bal. »

Cela fait, il fit appeler Zamor, qui l'attendait
sous le péristyle du théâtre, et l'envoya avec un
mot chez son bijoutier et chez son fourreur.

Léonide accepta l'invitation et vint le rejoindre
dans sa loge.

— Vous avez, ma chère enfant, oublié chez
moi un bijou? Le voici.

Il lui remit alors un écrin contenant un bracelet
et des boucles d'oreilles en diamants. La petite,
émerveillée et surprise, se para tout de suite de
ses bijoux. Diomède la prit par le bras et la conduisit à sa voiture. Zamor, à son poste, jeta sur
ses épaules une magnifique pelisse en loutre
noire, qu'il était allé chercher. La voiture partit
et quelques minutes après, Diomède et Léonide
soupaient ensemble.

— Vous devez être encore fatiguée du bal de
la nuit dernière?

— Très-peu. Le plaisir ne fatigue pas.

19.

— Vous jouez la comédie tous les soirs?

— Tous les soirs! c'est insupportable. Il m'est interdit de pouvoir dîner en ville.

— Mais, dit Diomède, nous pourrions mettre bon ordre à tout cela.

— Impossible, je suis liée par mon engagement. Il me faudrait payer un dédit.

— Ce n'est là qu'un détail.

— Oui, dit Léonide, mais un détail de dix mille francs.

— Je vous les offre, ma chère enfant, et je ne payerai pas trop cher le plaisir de me trouver avec vous, car enfin si l'idée me prenait de vous inviter à dîner avec moi, vous ne pourriez pas accepter?

— Cela serait fort difficile.

— Et bien je paie le dédit, si vous le permettez, et au besoin je vous propose d'acheter le théâtre, et de le faire exploiter par un directeur qui se conformera à toutes vos volontés.

Léonide croyait rêver, et n'osait ajouter foi à ce qu'elle entendait.

Diomède, qui remarquait son doute et sa surprise, lui affirma qu'il était prêt à réaliser tout ce qu'il lui promettait.

Le souper ne dura pas longtemps. La petite un

peu fatiguée mangea quelques huttres, but un bouillon, grignota une caille, et suça quelques grains de raisin.

— Vous avez besoin de dormir mon enfant. Partons.

Quand ils furent dans la voiture Diomède lui dit :

— Où faut-il aller, 104, rue Blanche, ou avenue Gabriel ?

— Rue Blanche si vous le voulez bien, dit-elle en baissant les yeux.

Il voulut visiter l'appartement. Léonide s'y opposa, disant qu'elle aurait honte de montrer son taudis à celui qui habitait un palais.

— Quittez-moi, je vous en prie. Demain nous nous reverrons.

Puis elle lui tendit sa petite main.

— Votre main seulement, dit Diomède, à moi qui hier ai pressé votre taille !

— Pardonnez ma distraction, voici mes joues, embrassez-moi, mon beau seigneur, tant que vous voudrez.

Le lendemain à son réveil Léonide recevait une lettre contenant ces mots :

« Ma chère enfant,

« Les fournisseurs sont d'une lenteur désolante, si j'ai pu dès hier vous remettre votre écrin et votre pelisse, je ne puis vous livrer avant huit jours l'appartement qu'on apprête pour vous.

« Venez, je vous prie, déjeuner avec moi sans façon, nous irons ensuite presser les tapissiers qui n'en finissent pas.

« Je vous attends et je vous embrasse.

                       « DIOMÈDE. »

— Allons, dit Léonide, le rêve continue, et comme une magicienne m'a prédit qu'un jour je serai princesse, c'est peut-être le prince Charmant qui m'appelle.

Vers midi elle arrivait chez Diomède qui l'attendait dans son boudoir de brocart jaune.

                            \* \*

— Vous êtes ici chez vous, ma belle enfant, mais d'abord permettez moi de vous admirer tout à mon aise.

Bien qu'il la vît à côté de lui, et qu'il la touchât, étourdi par le rayonnement de sa beauté, il ne

pouvait en croire ses yeux. Elle réunissait dans
sa personne toutes les splendeurs, et semblait
offrir, comme autant de réalités tangibles, ce que
les poëtes n'avaient fait qu'entrevoir dans leurs
rêves. On ne savait ce que l'on devait le plus
admirer, de son visage ou de son corps : c'était
Psyché animée, vivante et souriante, telle qu'elle
apparut à l'Amour. Ne trouvant pas de termes
assez expressifs, d'images assez saisissantes, d'adjectifs assez louangeurs pour exprimer son admiration, Diomède appelant instinctivement à son
secours ce que la poésie avait imaginé de plus
gracieux et de plus exquis sur la beauté, lui dit
sans préambule :

Ses dents étaient de perle, et sa bouche était d'ambre,
Les rois mouraient d'amour en entrant dans sa chambre.
Elle brûlait les yeux ainsi que le soleil,
Les roses enviaient l'ongle de son orteil.
. . . . . . . . . . . . . . . . . . . . .
L'amour prenait pour arc sa lèvre aux coins moqueurs,
Sa beauté rendait fous les fronts, les sens, les cœurs!

C'est ainsi qu'il attribuait à cet ange ce que
dans la *Légende des siècles*, M. Victor Hugo dit
de Cléopâtre, persuadé qu'en les récitant pour elle,
ces vers charmants ne se trompaient point d'a-
dresse.

Dans l'accès de son exaltation, son cerveau
enfantait toutes sortes d'extravagances. Il murmurait contre Paris qui se passionnait pour des
vulgarités, et laissait obscure et ignorée dans un
coin une jeune fille merveilleusement belle, et
qui conviait les amants du Beau à s'en aller voir
les marbres dans les musées, alors qu'il possédait dans ses murs un chef-d'œuvre aussi parfait.
Il était convaincu qu'autrefois à Athènes, où la
beauté était appréciée tout ce qu'elle vaut, Péri-
clès aurait donné à cette enfant une place d'honneur à sa cour ; que Platon, qui valait bien M. Cou-
sin, eût quitté son école pour converser avec
elle ; qu'Alcibiade plus élégant que le comte d'Orsay lui eût adressé des déclarations d'amour ; que
Phidias lui-même aurait suspendu ses travaux
du Parthénon pour fixer ses traits divins dans
du marbre de Paros, et qu'enfin on lui aurait
rendu des honneurs particuliers, comme par exemple de faire défiler devant elle les femmes encein-
tes, afin qu'elles puisassent au contact de sa
splendeur la vertu de doter l'État de grands
esprits et de soldats vaillants. Il allait plus loin
encore, et admettait volontiers que la mère de
Léonide, à l'exemple de celle de Marguerite de
Navarre, avait dû concevoir sa fille en avalant une

perle. Absorbé par son admiration, il ne disait rien et se contentait de la contempler.

La pauvre fille, un peu déconcertée par l'attitude étrange de Diomède, n'osait de son côté ni rompre le silence, ni lever les yeux. Elle rougit, puis se hasarda à lui demander pourquoi il la regardait ainsi, car elle était restée timide malgré le contact des effrontées au milieu desquelles elle vivait.

En ce moment une voix intérieure semblait l'avertir qu'elle pouvait avoir confiance dans celui qui restait fasciné devant elle.

— Promettez-moi, dit Diomède, de quitter le théâtre. Je payerai le dédit stipulé. Je ne veux pas que vous restiez plus longtemps exposée aux regards blessants qui, chaque soir, s'abaissent sur vous.

— Mais je ne puis quitter le théâtre. Je suis comédienne et j'ai besoin de mon métier.

— Ne vous préoccupez de rien. Je me charge de votre destinée. Vous habiterez l'appartement qu'on vous prépare, et je vous donnerai, chaque mois, dix fois autant d'argent que vous en valait votre engagement. Prenez ce portefeuille. Il contient de quoi suffire à toutes vos dépenses.

Léonide, immobile et pâle, osait à peine le remercier.

— Vous jouerez encore ce soir, et je vous accompagnerai au théâtre. Mais, à partir de demain, vous ne paraîtrez plus sur les planches. Nous irons visiter votre appartement, puis nous reviendrons ici.

— Mais après le théâtre, vous me reconduirez chez moi, rue Blanche.

— Je vous le promets. De votre côté vous me promettez de revenir demain matin.

— Oui, je viendrai.

Quelques jours après, Léonide n'appartenait plus au théâtre des Variétés, et s'installait dans un bel appartement. Pendant le jour elle était chez Diomède qui, le soir, devait se résigner à la quitter. Telle était sa volonté formelle.

Il en fut ainsi pendant quinze jours. Enfin, un certain soir, Léonide, qui jusque-là s'était montrée froide et insensible, daigna remarquer que Diomède était un fort beau garçon, digne d'être aimé pour lui-même, bon et prévenant autant que généreux. L'amour, sans la prévenir, la mordit, et la livra sans défense à celui qui soupirait si tendrement à ses pieds. Elle en était à sa première aventure et à sa première passion.

Diomède le savait bien, et soit par respect pour ce lis perdu au milieu des mauvaises herbes, soit par fatuité, avait préféré attendre que son cœur parlât. Après un tête-à-tête qui s'était prolongé plus que de coutume, Léonide se sentit fléchir. Elle se pencha sur Diomède, et lui dit en le serrant sur son cœur :

— Je tombe pure dans vos bras. Puisse ce don de ma personne me conserver toujours votre protection!

Léonide ne quitta point l'hôtel de l'avenue Gabriel. Le lendemain elle trouva dans sa chambre des toilettes magnifiques que Marjolaine et Bergamotte, attachées à son service, déployèrent sous ses yeux.

Ces deux amoureux étaient entrés dans la lune de miel, et ne se quittaient pas. Diomède considérait comme une corvée l'obligation de répondre aux invitations auxquelles il ne pouvait point se soustraire. Il préférait rester avec Léonide, admirer ses beaux yeux et écouter les petites histoires qu'elle savait si bien raconter. Elle avait été élevée dans un excellent pensionnat, où on lui avait appris tout ce qu'une femme doit savoir. Elle montrait avec orgueil les couronnes et les prix qu'elle avait obtenus. Rien

20

ne le divertissait plus que d'entendre les idées
singulières qu'elle avait sur certaines choses de
ce monde. Plus elle déraisonnait, plus il était
ravi. Il ne la rappelait au bon sens que quand
elle devenait excessive dans ses extravagances.
Alors cette enfant se taisait aussitôt, et l'écoutait
docilement. Au bout d'un mois, il avait rectifié
son jugement et en avait su faire une personne
accomplie.

Léonide raffolait de ses belles robes et de ses
équipages. Le soir il la conduisait soit au spectacle, soit au Palais-Royal pour visiter la vitrine
des joailliers, et il va sans dire qu'il lui permettait de choisir le bijou qui la tentait. Ces
excursions coûteuses se renouvelaient souvent.
Il trouvait un plaisir extrême à analyser la
joie qu'elle éprouvait en recevant ces cadeaux.
Il avait devant lui une créature heureuse, pour
laquelle la vie était sans déception, et qui se
contentait de posséder ce que ceux qui ont la
prétention d'être des gens graves appellent des
hochets. Sa philosophie particulière le portait à
penser que tout était hochet en ce monde,
puisque dans la balance de l'Éternel la couronne de Charlemagne ne pouvait pas plus peser
qu'un bonnet de lingère.

La belle saison étant venue, Diomède, afin d'amuser Léonide, crut devoir l'arracher pour un instant au milieu monotone dans lequel ils se trouvaient tous les deux. Il ne connaissait pas encore ce vieux manoir de Laxou, situé près de Nancy, qu'on lui avait fait acheter. C'était une demeure sauvage cachée au fond des bois, et que les engins de la civilisation n'avaient pas encore défigurée. Nul chemin de fer n'y conduisait. Les fils du télégraphe ne passaient pas encore au-dessus de la cime des grands arbres du parc. Depuis près d'un an, des ouvriers de tous les métiers appropriaient ce château qui était resté fermé pendant près de cent ans. Ils avaient reçu l'ordre de tout assainir mais de ne rien changer à l'ameublement ancien, afin de conserver intact l'aspect farouche de cette demeure.

Le bibliothécaire de Chaumont, qui connaissait dans les plus petits détails la topographie de sa province, et dont les études et les recherches de toute sa vie s'étaient concentrées sur ce petit coin de la France, lui avait proposé d'écrire une notice sur ce château remontant au treizième siècle, dans laquelle il énumérerait les droits et priviléges que possédait au moyen âge le seigneur puissant et redouté qui y tenait sa petite cour.

La notice étant prête, il avait donné rendez-vous à ce bibliothécaire dans son manoir de Laxou.

Il s'était fait précéder de ses équipages, et, au jour convenu, il partait avec Léonide, puis emmenait Bergamotte, Marjolaine, Jansénius, Zamor et Brimborion. Il avait invité quelques-uns de ses amis à venir passer quelques jours sous les frais ombrages de Laxou.

On était au mois de juin, alors que le jour abolit la nuit. Le soleil était brûlant, le ciel très-bleu, et les arbres couverts de fleurs.

Laxou était perdu au milieu de la forêt de La Haye. On y arrivait par une longue avenue de peupliers, au bout de laquelle on apercevait la grille et le pont-levis jeté sur le fossé profond qui entourait le château. Les quatre façades reliées ensemble formaient une cour au milieu. La façade principale était flanquée de deux tourelles sveltes et élancées. Les murs, de six pieds d'épaisseur, le faisaient ressembler à une Bastille. On devinait que, dans les siècles passés, les maîtres de ce domaine avaient dû soutenir des siéges. M. Potier, le bibliothécaire, l'attendait à la porte d'entrée. Les paysans des alentours étaient là groupés et paraissaient enchantés de voir arriver un châtelain qui allait enfin faire sortir cette de-

meure de son profond sommeil. Quelques heures
après, les joyeux compagnons que Diomède avait
invités pour l'aider à supporter la solitude arri-
vaient au manoir, suivis de leurs domestiques.
On se mit à table au nombre de vingt convives.
Léonide fit les honneurs avec une grâce toute
féodale, et ressuscita, comme par enchantement,
la splendeurs de ce château, qui avait eu autrefois ses grands jours.

Après le dîner, Diomède eut une entrevue
avec M. Potier, qui lui lut sa notice. Il la trouva
si amusante, qu'il proposa de passer dans le salon
et d'en donner connaissance à ses hôtes. Voyant
que les paysans restaient groupés devant la porte
d'honneur, il alla les trouver et les pria de vouloir bien entrer. Il fit dresser des tables dans
le parc et leur distribua des pâtés, du vin, des
fruits et des cigares. Les jeunes filles lui deman-
dèrent la permission d'offrir un gros bouquet à
la belle dame qui l'accompagnait. Diomède accepta et, pour les remercier, il promit de leur
donner une fête dont il allait régler les préparatifs. Tous se retirèrent enchantés. Une heure
après, Jansénius partait pour Paris, où Diomède
l'envoyait chercher des violons et des feux d'artifice.

20.

M. Potier, sa notice à la main, en résuma les passages intéressants. Il rappela que le château de Laxou avait été bâti, en 1298, par le sire de Fiquemont, et que ce fief était resté dans cette famille jusqu'en 1402, alors qu'il passa de lance en quenouille, de la famille des Fiquemont dans celle des Laxou. En 1429, il avait été acquis par Philippe le Bon, duc de Bourgogne, qui y avait installé une de ses maîtresses. Plus tard, Charles le Téméraire, son fils, y était venu avec la noble dame de Ribeaucourt. Ce château était ensuite passé au duc de Lorraine, puis au duc de Guise, le premier Balafré. Les sires de Fiquemont avaient été de très-puissants seigneurs. En vertu de vieilles chartes remontant aux treizième et quatorzième siècles, les paysans devaient, par redevance, chaque année à la Saint-Jean « *conduire* « *au château un roitelet rôti, placé sur un cha-* « *riot traîné par quatre vaches sans queue, et* « *escorté par des manants habillés en arlequins,* « *une jambe nue* ». Ce jour-là, ajoutait ladite charte « *les femmes jolies* (sages) *des alentours* « *devaient danser avec les officiers du sire de* « *Fiquemont. Celles qui refusaient de danser* « *étaient piquées aux fesses d'un aiguillon mar-* « *qué aux armes du seigneur.* »

Ici la lecture de la notice fut interrompue par l'hilarité générale. Le bibliothécaire reprit :

« *Histrions, baladins, mimes et ménestrels qui* « *passaient devaient faire jeux, exercices et ga-* « *lantises, la dame du château présente.* »

Enfin, ajouta-t-il, le sire' de Fiquemont avait également droit « *de faire travailler les chau-* « *dronniers qui passent, et de prendre aux mar-* « *chands de verre le plus beau verre en leur* « *donnant chopine. Un pèlerin devait dire sa* « *romance sur un air nouveau et coucher sur la* « *paille fraîche, s'il voulait passer la nuit au* « *manoir; un juif mettre ses chausses sur sa* « *tête et dire bon gré mal gré un* pater *dans le* « *jargon du pays.* »

— Tels étaient, monsieur le comte, dit M. Potier en s'adressant à Diomède, les priviléges et prérogatives dont jouissaient autrefois les seigneurs de Fiquemont et de Laxou.

— Je vous remercie de me les avoir fait connaître. Comme mascarade, cela serait charmant à exécuter. Ce serait, puisque nous sommes au mois de juin, le carnaval de l'été. Si les braves gens, heureusement délivrés de ces vexations, veulent que j'organise une cavalcade, je suis prêt à en faire les frais. Je ferai venir des costumes de Paris. Pendant le jour, nous aurons le cortége du roitelet. Je ferai une aumône aux pauvres, je doterai quelques rosières ; puis viendront un banquet dans le parc, un feu d'artifice, et enfin un bal sur la pelouse. Voilà tout trouvé le programme de la fête.

Le lendemain, les paysans arrivèrent en députation chez Diomède pour lui dire qu'ils acceptaient son invitation et lui souhaiter de nouveau la bienvenue. Les libations suivirent, et il fut arrêté que la petite fête aurait lieu le dimanche suivant.

Diomède expédia à Paris des dépêches à Jansénius, son majordome, et lui donna l'ordre de commander les costumes pour la cérémonie.

Léonide présidait à tous ces préparatifs qui l'amusaient beaucoup. Comme il fallait caser la nouvelle fournée d'invités attendus de Paris, elle fit demander, par précaution, des tapissiers à Nancy.

Vers midi, on vit arriver le facteur. Il apportait des lettres et des journaux. Il demanda à Zamor la faveur de voir le châtelain.

— Monsieur, dit-il à Diomède, nous sommes, depuis quatre-vingts ans, de père en fils, facteurs de Laxou. C'est pour la première fois, depuis près d'un siècle, qu'il faut venir frapper à la porte de ce château.

— Je comprends, mon ami. Prenez ce pâté, cette bouteille de vin de Bordeaux et ce billet de cinquante francs.

Le facteur salua jusqu'à terre et s'en alla au village faire connaître la générosité du nouveau châtelain.

Au déjeuner les invités parlèrent des chambres qu'ils avaient occupées.

—Moi, dit l'un, j'ai couché dans le lit du Balafré, et j'avais suspendus près de mon alcôve le fouet de chasse et les éperons de ce guerrier.

— Et moi, dit un autre, j'ai dormi sur la couche d'Iseult de Vandremont descendant de Siffroy, seigneur des Flandres et époux de Geneviève de Brabant.

Quant à Léonide elle avait occupé le lit de Charles le Téméraire. En fouillant dans le tiroir d'un vieux bahut, elle avait trouvé le bréviaire d'un cardinal de Lorraine, imprimé en caractères gothiques.

Après le repas, l'érudit M. Potier proposa à Diomède de lui montrer toutes les cachettes de son château, et de lui raconter les légendes qui s'y rattachaient. On le suivit.

Il conduisit d'abord aux oubliettes dont l'orifice était fermé, mais qui, selon lui, existaient toujours. On passa ensuite dans la salle des gardes où l'on voyait encore des fragments de têtes de cerf accrochées à des clous, puis des carcasses de renard, des pattes de loup, et des becs d'oiseaux de proie.

De là on monta au sommet d'une des tourelles pour voir la petite niche en pierre dans laquelle veillait la nuit l'arbalétrier chargé de garder la demeure, et de donner l'alarme, si des aventuriers se fussent présentés pour l'attaquer. C'était dans une des salles rondes de la tourelle, selon la légende, qu'un des sires de Fiquemont, à son retour d'une expédition contre les mécréants, avait tué sa femme surprise en rendez-vous galant avec un jeune page. On prétendait qu'il y avait encore des taches de sang sur l'une des dalles.

— Je vous remercie de ces détails, monsieur Potier, dit Diomède. Le passé n'est plus. Laissons-le là avec ses horreurs et ses supplices. Je viens ici pour offrir à ces vieilles murailles des spectacles plus gais, je dirai même plus folâtres. Il y a des cafés-concerts à Nancy, je vais envoyer chercher des chanteurs et des chanteuses, et je veux que ce soir, à cette place où on s'est tant assommé autrefois, on chante *l'amant d'Amanda* et *la Vénus aux carottes*. Je veux ainsi bafouer les cruautés stupides du passé avec les turpitudes du présent.

Un cocher partit pour Nancy, et le soir amenait au château quatre artistes et huit musiciens, qui exécutèrent les susdites romances, sans pitié pour les ombres des infortunés qui rôdaient autour du vieux manoir.

On vit arriver de Paris Jansénius et les artificiers suivis de fourgons contenant les pièces du feu d'artifice et les costumes pour la cérémonie. M. Potier qui était un habile metteur en scène, et qui avait déjà organisé des cavalcades historiques à Chaumont et à Nancy, fut chargé par Diomède de régler l'ordre et la marche du cortége, et d'indiquer aux paysans ce qu'ils avaient à faire, et la place qu'ils devaient occuper.

Tandis qu'il procédait à ces répétitions, les artificiers dressaient leurs pièces au bout de la pelouse du parc. Quant aux cuisines, elles étaient au pouvoir de marmitons affairés qui préparaient à manger pour deux ou trois cents convives. Les poissons des étangs, les volailles de la basse-cour, les pièces de viande des boucheries des environs et les légumes du jardin étaient amoncelés sur

de vastes tables. Déjà les marmites bouillaient,
et les broches allaient tourner.

Le dimanche matin, quelques abbés des alentours vinrent proposer à Diomède de célébrer la
messe dans la chapelle du château, puis de bénir
l'union de trois garçons et de trois jeunes filles.
La bénédiction nuptiale eut lieu en présence de
Léonide, de Diomède et de ses invités qui occu-
paient le banc d'œuvre. Après la messe, le nouveau châtelain offrit aux trois mariées une dot de
deux mille francs, une montre et une chaîne d'or,
et une paire de boucles d'oreilles. MM. les abbés
reçurent cent louis pour distribuer aux pauvres
de la paroisse.

L'assistance quittant la chapelle vint prendre
place sur une estrade élevée devant la porte d'honneur du château, et toute ornée de fleurs et de
draperies. Un orchestre exécuta une fanfare pour
annoncer l'arrivée du cortége. Alors on vit
paraître le chariot traîné par six vaches et
conduit par les paysans costumés en arlequins
avec une jambe nue conformément à la tradition. Le roitelet rôti était sur un plat. Les
paysans s'arrêtèrent devant l'estrade, et après
avoir salué le châtelain et ses amis, prirent le
roitelet qui fut processionnellement porté et dé-

posé au milieu de la vaste table préparée sur la pelouse.

Le festin commença. Les deux cents convives entamèrent les filets, les poissons, les daubes et les pâtés. Le vin coulait dans les coupes, et la gaieté éclatait partout. Zamor et Brimborion, enlevant le roitelet, le promenèrent autour de la table, puis le rapportèrent à Léonide qui fut priée par toute l'assistance de vouloir bien le manger. Elle le trouva exquis. Les paysans au comble de la joie vidèrent tous leurs verres qu'on avait remplis de vin de champagne, et portèrent un toast à Diomède qui paraissait enchanté de se trouver au milieu d'eux.

A partir de cet instant une douce familiarité s'établit entre les convives. Les braves paysans quittaient leurs places pour venir causer « avec les messieurs venus de Paris, » et parler de leurs petites affaires. Les vieux s'amusaient beaucoup, les commères bavardaient à perte de vue, tandis que les petits enfants absorbaient des pâtisseries.

Quand le festin fut terminé, Diomède remarqua que le château était entouré par une foule de curieux accourus de Nancy et des environs pour jouir du spectacle du feu d'artifice. C'était le fac-

teur qui dans sa tournée avait dit partout que le
château de Laxou, qu'on avait toujours vu fermé,
était en liesse, et qu'on allait y donner des fêtes
magnifiques.

Diomède fit ouvrir toutes les grilles. Les curieux
entrèrent et se groupèrent sur la pelouse et dans
les grandes allées du parc.

A la tombée de la nuit, il y eut illumination
du château et embrasement du parc, un coup de
canon annonça le feu d'artifice. Les nombreuses
pièces dont il se composait furent allumées. Les
applaudissements partirent de tous côtés, et re-
doublèrent au bouquet, alors que des milliers de
baguettes de toutes les couleurs s'élancèrent dans
les airs en gerbe gigantesque faisant pâlir les
étoiles. Ruggieri s'était distingué.

La dernière baguette était à peine éteinte,
qu'un orchestre de trente musiciens donna le
signal de la danse. Le bal champêtre commença
aussitôt. Diomède dansa avec une des trois mariées et avait pour vis-à-vis un marié dansant
avec Léonide, plus jolie que jamais avec sa robe
blanche toute garnie de dentelles. Les vieux, les
jeunes, les enfants, les curieux, arrivés on ne
sait d'où, se mirent de la partie. A six heures
du matin on dansait encore, et les bouteilles

vides, accumulées sur le gazon, prouvaient qu'on avait dû prodigieusement boire.

Comme il n'y a pas de vraie fête sans lendemain, le lundi les paysans revinrent le soir sans cérémonie, pour danser sous la coudrette. Les trois mariées étaient là avec des yeux battus et contents. A côté de l'orchestre il y avait un buffet où l'on servait à discrétion des tranches de pâté, du vin et de la bière. Léonide, installée à une table comme une marchande à son comptoir, distribuait du tabac aux paysans, des fichus et des foulards aux paysannes, et des bonbons aux enfants. On lui présenta le beau garçon qui avait tué le roitelet servi sur la table du seigneur. Elle lui offrit un fusil.

Les paysans entourèrent Diomède et le remercièrent de la façon aimable avec laquelle il avait payé sa bienvenue. Ils lui exprimèrent l'espoir que l'année suivante, à pareille époque, on célébrerait encore cette fête du Roitelet. Ces braves gens, tout électeurs qu'ils étaient, demandaient le retour aux coutumes féodales, et dans leur ignorance des vérités ou des préjugés du jour, ne soupçonnaient pas qu'il y eût incompatibilité entre le suffrage universel et ce qu'avaient aboli pour toujours les principes de 89.

A partir de cet instant les chants cessèrent, le calme rentra dans le manoir de Laxou, et Diomède put enfin s'occuper de Léonide, de ses invités, puis se promener dans son parc, qu'il ne connaissait pas encore. Rien n'est triste comme le lendemain d'une fête, surtout à la campagne. Après le dîner, les hôtes du château en furent réduits à une promenade sous des allées de marronniers. Ils fumaient mélancoliquement, écoutant la cloche du village voisin qui sonnait l'*Angelus*, et se demandaient de quelle façon ils pourraient achever la soirée.

— Mon cher Diomède, dit Gaston, un de ses invités, nous allons en être réduits à jouer au whist. Léonide pourrait peut-être faire un peu de musique.

— De la musique! mais comment? reprit Léonide. Il n'y a pas de piano. Je n'ai trouvé dans le salon qu'un vieux clavecin fêlé, qui n'a pas dû être accordé depuis Mozart.

— Nous aurons peut-être la chance de voir passer ici des histrions, des baladins et des ménestrels. Vous savez que comme seigneur de ce domaine j'ai le droit de les faire entrer, et qu'eux de leur côté sont tenus de faire *leurs galantises* devant la dame du château. Mais il n'y a plus

maintenant de ménestrels qu'à l'Opéra-Comique,
dans la *Dame blanche.*

— Qui sait, reprit Gaston, si quelque Thérésa
départementale n'est pas en tournée dans ces
parages?

— Il n'y faut pas compter, reprit Diomède. Nous
jouerons au whist, et toi, demain, continua-t-il en
s'adressant à Léonide, tu monteras sur ta ha-
quenée, car ici c'est de la sorte qu'on doit appeler ton cheval.

Gaston, qui s'était rapproché du château, revint sur ses pas, et pria Diomède de venir contempler un charmant tableau.

— Regarde là haut, Marjolaine à une fenêtre
de la tourelle. Comme elle est jolie.

Marjolaine ayant entendu, rougit et disparut.

— Vois-tu, Diomède, en ce moment je ne suis
plus moi. Marjolaine est une princesse persé-
cutée, qu'un époux brutal et jaloux tient captive
dans cette tour. Mais moi, paladin galant et
brave, j'ai traversé la forêt dangereuse, j'ai fait
mordre la poussière à des chevaliers félons, j'ai
éventré plusieurs dragons, et j'arrive enfin pour
la délivrer et en faire la dame de mes pensées.

— On me demande, reprit Diomède, pourquoi
j'ai des femmes de chambre; c'est pour peupler

mes tourelles, pour poétiser ces vieilles et sombres murailles, et te faire inventer les histoires que tu me racontes.

Ils rentrèrent au salon. Les uns feuilletèrent des images, les autres regardèrent dans un kaléidoscope, et tous bâillèrent. Gaston prit l'album de Léonide, et lui demanda la permission d'y inscrire cette réflexion :


« L'ennui naquit un soir à la campagne. »

*Signé :*   UN INVITÉ.

Château de Laxou, 25 juin 187...


— Décidément, reprit Diomède, je vais faire demander un piano à Paris.

— N'en fais rien, reprit Léonide, qui ajouta tout bas : Nous serons partis avant qu'il ne soit arrivé.

Diomède sourit, l'embrassa et lui dit :

— Comme tu devines ma pensée.

Les jours suivants furent consacrés à des excursions au milieu de sites horribles, à ce point de rappeler à Diomède ceux d'Alençon. Enfin, un soir, alors que le soleil déclinait à l'horizon et

que la petite cloche du village sonnait l'*Angelus*,
Léonide, n'y tenant plus, dit à Diomède :

— Je suis sûre que tu donnerais bien tous tes
droits féodaux pour être avec moi à Paris, et
nous en aller bras dessus bras dessous écouter
une comédie de Meilhac et d'Halévy? Qu'est-ce
qui nous retient ici?

— Rien, absolument rien, mon amoureuse.
Partons demain.

— Ce soir, dit Léonide.

— Tout de suite, répliqua Diomède, et laissons
nos invités ici.

— Pas du tout, dirent-ils en chœur, nous vous
suivons, et comme nous sommes en nombre,
nous allons aller à Nancy et faire chauffer un
train spécial.

.·.

Dès son retour à Paris, Diomède s'en alla voir
la baronne de Saint-Pax. Sa santé, un peu alté-
rée, n'avait point permis à son mari d'assister à
la fête de Laxou.

La baronne savait ce qui s'y était passé. Son
mari avait causé au cercle avec les jeunes fous
qui étaient allés faire la connaissance de ce vieux

manoir, et il s'était empressé de lui tout racon!
ter. Elle aimait beaucoup Diomède, et déplorait
plus que jamais de lui voir gaspiller ainsi son
existence. Elle aurait voulu qu'il bannît une.
bonne fois de son esprit ce reste d'amour qu'il
prétendait éprouver pour Palmyre de Langeais,
et qu'il se mariât.

En le voyant arriver elle lui dit :

— Je sais tout, mon cher ami. Il paraît que
vous allez jouer en province les rôles de seigneur
féodal. Pourquoi êtes-vous escorté dans ces expé-
ditions de petites sirènes, qui ne permettent
pas aux honnêtes femmes comme nous d'assister
à vos tournois et à vos carrousels? Il paraît que
le règne d'Arabelle est fini, et que vous avez fait
choix d'une nouvelle favorite. Elle est fort jolie,
je le sais. J'ai là sa photographie que j'ai, par
curiosité, achetée au passage Choiseul. Quels
yeux mordants, quelle moue délicieuse! J'espère
bien qu'à présent vous n'allez plus me dire que
vous soupirez encore pour celle dont on vous a
refusé la main.

— Vous touchez, dit Diomède, à un chapitre de
ma vie auquel je vous prie d'épargner les épi-
grammes que votre vif esprit s'apprête sans doute
à lui décocher.

— Voyons, Diomède, entendons-nous, et re-
connaissez avec moi que si votre cœur est en
deuil, comme vous me l'avez dit, vous portez bien
gaiement ce deuil. Je ne vous blâme pas, au contraire, mais au nom de l'amitié que j'ai pour vous,
je suis de cet avis que vous avez assez fait le
sabbat. Il me semble que vous devriez renoncer
à vivre de la sorte, et songer à vous marier.
Vous vous êtes placé dans l'impossibilité de recevoir. Ainsi j'ai consenti l'hiver dernier à aller
au bal chez vous, je vous ai amené des jeunes
filles charmantes. La comtesse de Roskoff et
moi nous avons dit partout merveille de votre
fête. Mais qu'avez-vous fait? Aussitôt après, vous
avez, en compagnie de toutes les pécheresses à la
mode, parodié votre bal. Il en est résulté que
dans les salons on a confondu les deux soirées,
et qu'on a cru que la comtesse de Roskoff et
moi avions dansé le cotillon avec M<sup>lles</sup> Arabelle,
Solanges, Sosthénie, et bien d'autres.

—Je suis bien désolé de cette confusion, mais
je m'en console en songeant que quand j'ai l'honneur de vous recevoir, mon hôtel, ce jour-là, n'est
pas un mauvais lieu. Je m'étonne qu'une femme
de votre bon sens et de votre rang se préoc-
cupe de ces suppositions absurdes, et de ces

cancans sortis de la loge de quelque concierge.

— Cela ne me touche pas, je le reconnais, mais la comtesse de Roskoff, qui vient de Nice, en a pris quelque souci. On lui a là-bas, à plusieurs reprises, laissé entendre qu'on la supposait avoir assisté à votre bal masqué.

— Elle est donc bien pudique et bien susceptible?

— C'est une hermine.

— Je me méfie un peu de ces prudes intolérantes, qui ressemblent toujours à celle de la *Critique de l'Ecole des femmes*, dont les oreilles formaient la partie la plus chaste de son corps!

— Pourquoi toujours dire des choses que vous ne pensez pas, et accabler ainsi votre prochain?

— Tenez, parlons d'autre chose. Je veux vous marier, j'ai à vous proposer une héritière jolie comme un cœur, et qui pourrait devenir le démon de votre foyer.

— Baronne, je vous en prie, ne causons pas de mariage, sans quoi nous allons nous fâcher. Pensez ce que vous voudrez de ma façon de porter le deuil, prenez-moi pour un imposteur quand je vous dirai que mon cœur ne m'appartient pas, et surtout gardez vos héritières.

— Votre cœur n'est plus à vous, je le sais;

et n'essayez pas de me faire croire qu'il est à Palmyre. Non, il est à M<sup>lle</sup> Léonide, que vous aimez d'une tout autre façon que vous n'avez aimé Arabelle et celles qui l'ont précédée. Je sais par vos amis que vous la prenez au sérieux, et qu'elle vous mène déjà par le bout du nez. Écoutez bien ce que je vais vous dire. Cette petite, fort habile, a fait mentir toutes vos théories. Jusqu'à présent, vous avez pu n'être qu'un libertin, mais celle-là a eu le pouvoir de faire de vous un amoureux. On ne saurait vous en vouloir par cette excellente raison qu'on ne commande pas à son cœur.

— Je ne comprends pas votre acharnement contre cette enfant qui débute dans la vie, et qui n'a rien de commun avec ces effrontées qui vous font justement horreur. En me parlant ainsi, bonne, honnête et indulgente comme vous l'êtes, vous vous faites à votre insu le champion de quelques coquettes plus ou moins jeunes qui sont jalouses de Léonide et ne me pardonnent pas mon indifférence pour elles. Vous tentez toutes sortes d'efforts pour irriter mon amour. Vous vous évertuez, par exemple, à me prouver que j'ai laissé prendre à cette enfant un ascendant sur moi qui me fera trahir les serments que je me suis faits. Vous êtes dans l'erreur, je suis bien plus fort que vous ne le supposez. Au besoin je pourrais vous citer des témoins, mais ma discrétion me l'interdit.

— Cependant on dit que vous êtes jaloux, ce qui ne vous était pas encore arrivé. Et vous le savez, continua la baronne, l'amour commence avec la jalousie.

— Cette sentence est bête, et ne prouve absolument rien, mais laissons tout cela. Vous allez mieux, j'en suis ravi; je vous trouve même en beauté! Vous êtes fraîche comme une dévote.

— J'attends la comtesse de Roskoff, nous devons aller ensemble promener dans l'après-midi.

— Alors je vous laisse; je ne voudrais pas affronter son regard moscovite, puisqu'elle est, m'avez-vous dit, un peu montée contre moi.

En sortant il aperçut la comtesse, et il se douta tout de suite qu'il n'allait être question que de lui dans la conversation.

Après les politesses d'usage on vint à parler de Diomède, que la comtesse avait vu se cacher dans sa voiture, comme pour éviter son regard.

— Que vous a-t-il dit de moi, ma chère amie?

— Mais rien du tout, reprit la baronne. J'ai causé de son excursion à son château. Je lui ai dit aussi quelques mots de la nouvelle dame de

ses pensées. Il m'a affirmé que celle-là, pas plus
que ses passions précédentes, n'avait aucun empire
sur lui, et que cette fois encore son cœur n'était
pas de la partie.

— Il ne vous a pas dit autre chose?

— Mais non : vous connaissez tout notre entretien.

La comtesse parut respirer plus librement, et
ne douta plus que Diomède se fût montré dis-
cret et généreux. Ce fut là pour elle une sécurité
qu'elle apprécia, mais qui ne désarma point son
courroux. Elle avait toujours présente à la pensée
la triste aventure qui criait vengeance à la Junon
moscovite.

Après sa promenade avec la baronne, elle s'enferma pour méditer tout à son aise. Son dessein
n'était pas de disputer Léonide à Diomède. Elle
ne songeait qu'à ranimer la lutte, et à l'exposer
de nouveau à devenir infidèle à cette Palmyre
qu'elle acceptait seule pour rivale. Sa tentative
n'ayant pas réussi, elle était décidée à tous les
sacrifices, à toutes les abnégations, et au besoin
à aider une autre à vaincre là où elle avait été
vaincue. Quelque perfide que soit un pareil
sentiment, il est très-féminin, et destiné, quoi
qu'en puissent dire les coquettes, à naître

infailliblement dans le cœur de toutes les filles
d'Ève.

Il fallut les yeux de Léonide pour dissiper un
peu la mauvaise humeur qui s'était emparée de
Diomède, après son entrevue avec la baronne de
Saint-Pax. Son esprit se dressait superbe pour
maintenir ses affirmations; mais, à côté de son
esprit, il y avait son cœur, qui parlait un tout
autre langage, et semblait l'avertir que le moment
était arrivé pour lui de courber la tête et de
porter le joug de l'amour. En proie à un trouble
dont il ne se rendait pas bien compte, il avait certainement conscience de se sentir envahi par la
domination, et se trouvait incapable de venir au secours de son libre arbitre expirant. Un reste d'orgueil l'abusait encore à ce point de supposer que
c'était lui qui courait au-devant d'une servitude
volontaire. Mais, en réalité, il n'en était rien, et
lui, qui jusqu'alors avait eu la vertu d'être si fort,
de rester ce qu'il voulait être, de tenir son cœur
à l'écart du danger, aurait en vain appelé à son
secours ses résolutions viriles d'autrefois. Vaincu,
troublé par les regards mordants et les séductions infernales de Léonide, il lui fallait se
rendre à discrétion. Une fatalité voulait que
Dalila tînt dans sa petite main les cheveux de

Samson et s'apprêtât à les couper. La voix mystérieuse et lointaine, qui avait eu jusqu'alors le pouvoir de se faire entendre et de soutenir les droits de l'absente, était étouffée par les battements de son cœur, par les surprises de sa curiosité et par les ardeurs de sa jeunesse. On le vit alors secouer la tête, comme pour chasser la pensée de son cerveau, prendre Léonide dans ses bras, s'emparadiser avec elle et prouver, une fois de plus, que cette Nature, tant chantée par les poëtes, a voulu que dans tout homme, fût-il roi, astronome ou berger, il y eût un ange et un pourceau !

On aurait pu croire que la lune de miel, qui luisait pour Diomède devait avoir d'innombrables quartiers. Hélas ! il était écrit que la sienne n'aurait pas même vingt-huit jours. Le hasard, pour démontrer sans doute qu'on ne doit point formuler des serments téméraires, voulut qu'il en fût autrement. Léonide aimait et se savait aimée. Elle se montrait sans exigence, et ne concevait pas une volonté qui ne fût conforme à celle de son amant. Tout allait à merveille, et une félicité parfaite se déroulait à perte de vue devant eux. Diomède lui disait en riant que le grand télescope dont il venait de faire don à l'Observatoire ne serait point assez puissant pour découvrir dans l'avenir l'instant où ils cesseraient de s'adorer. Aveugles, téméraires et confiants, comme tous les amoureux, ils ne tenaient point compte des maléfices et des sortiléges dont les envieux du bonheur des autres ont toujours les mains pleines. Si le bonheur arrive lentement, parce qu'il monte de bas en haut, le malheur, lui, est rapide, parce qu'il tombe de haut en bas.

Or, ni l'un ni l'autre ne songeaient à la comtesse de Roskoff, que le spectacle de cette félicité offensait. Elle se consolait de sa honte et de son dépit, en songeant qu'elle possédait une arme plus sûre que le poignard ou le poison, avec laquelle il lui serait possible de séparer à jamais ceux qui se croyaient unis, non pas seulement par la sympathie, ce lien des âmes, mais par l'amour, cette chaîne qui rive les cœurs. Il suffisait, pour consommer cette profanation, pour accomplir cette infamie, d'écrire une lettre anonyme à M^{lle} Léonide.

Or, le lendemain, on remettait à Léonide une missive contenant ces mots :

« Mademoiselle,

« Vous êtes bien fière d'être la maîtresse du

« comte Diomède, et vous êtes persuadée qu'il
« vous aime. Il n'en est rien. Demandez-lui des
« perles, des chevaux, il vous les donnera sans
« hésiter. Mais, priez-le d'ouvrir un petit coffret,
« caché près de son lit sous des barreaux de fer.
« Je vous défie d'obtenir de lui ce sacrifice. Il
« vous refusera, parce que ce coffret contient les
« souvenirs que lui a laissés la seule femme qu'il
« ait jamais aimée. L'âme de votre rivale pré-
« férée gît dans cette cassette, M. le comte Dio-
« mède ment et joue la comédie, lorsqu'il affirme
« qu'il vous aime.

« Je vous suppose assez de vaillance pour
« tenter cette épreuve, et je vous souhaite de
« tout mon cœur une beauté durable et un
« bonheur sans fin.

« *Signé :*  SATAN. »

Léonide, après avoir lu cette lettre, courut
chez Diomède. Elle était pâle et agitée. Elle
entra dans sa chambre et se dirigea vers le
coffret, qu'elle n'avait jamais remarqué. A partir
de cet instant, elle ne vit plus que cet objet dans
l'appartement, et en fut préoccupée à ce point de
ne pouvoir ni détourner ses yeux de l'endroit qu'il
occupait, ni écouter ce que lui disait Diomède.

22.

Je ne sais si c'est Moïse qui a écrit *la Genèse*.
Si c'est lui, il peut se vanter d'avoir trouvé le
moyen de damner infailliblement ses descen-
dants avec son invention du fruit défendu. Car,
enfin, si le diable ne l'avait pas eu à sa disposition, il est évident qu'il lui eût été impossible
de tenter Ève, et que nous serions encore dans
ce paradis, dont se firent chasser notre premier
père et notre première mère. Le fruit défendu
est un piége que Dieu, qui est la bonté suprême,
ne peut pas nous avoir tendu, ce qui me fait
croire, dussent les théologiens me condamner
au bûcher, qu'il est d'invention humaine. Si
cette parabole est d'invention humaine, je n'ai
plus alors à me gêner avec elle, et je puis,
sans charger ma conscience d'aucun remords,
sans blasphémer, en dire tout ce que j'en pense,
et la proclamer la plus diabolique et la plus
épouvantable des inventions. Les Sociétés sa-
vantes, qui encouragent les chercheurs de
tulipes noires et de roses bleues, devraient, en
vérité, laisser là ces niaiseries, et promettre de
l'argent et des honneurs à ceux qui parvien-
draient à reconnaître les pépins provenant de ce
fatal pommier, pour les réunir tous, et les livrer
aux flammes jusqu'au dernier. Par malheur,

personne ne songe à cette besogne utile, qui, menée à bien, aurait pour conséquence de diminuer, dans des proportions considérables, le nombre de ceux qui se damnent, et qui conspirent à leur insu, contre le bonheur qu'ils poursuivent. Protégé par cette négligence, le fruit défendu, vivace comme toutes les mauvaises herbes, croît partout, planté ici-bas par les hommes, et semé jusqu'au sommet des monuments, par le vent qui l'apporte ou l'oiseau qui le laisse tomber de son bec. La foule le recherche sans écouter les sages, qui lui crient de l'éviter, et sans que les déceptions qu'il cause découragent jamais ceux qu'il tente.

Léonide était heureuse. Sa vie était celle d'une duchesse. Elle n'aurait pu concevoir un caprice sans qu'il ne fût aussitôt contenté. Elle se fût montrée rebelle rien qu'à la pensée de dire ou de faire quoi que ce fût qui pût contrarier Diomède, mais depuis qu'elle avait reçu cette lettre, elle se sentait prête à bouleverser sa vie, à risquer son repos, à perdre l'amour et l'amitié de son amant, plutôt que de ne pas exiger qu'il ouvrît devant elle le maudit coffret signalé à sa curiosité féminine.

Elle appela à son secours toutes sortes d'artifices

pour abuser Diomède et vaincre sa résistance.
Lui, de son côté essaya de lui démontrer l'inanité
de son désir et l'inutilité de sa curiosité. Rien ne
put la convaincre, et comme il était écrit qu'elle
devait sortir victorieuse de ce combat, elle parvint, au fur et à mesure qu'elle luttait, à briller
d'un éclat nouveau, à se transfigurer pour ainsi
dire, et à se dresser devant lui comme la gla-
diatrice de la beauté. Diomède voulut tenter un
dernier effort. Elle lui porta le coup de grâce en
lui signifiant qu'il la perdrait pour toujours, s'il
tardait à céder.

On vit alors Diomède dans une attitude rappelant celle du lion confiant sa patte à Androclès,
apporter le coffret et l'ouvrir.

Léonide y trouva un mouchoir, une lettre sans
signature, et un morceau de parchemin blanc
sur lequel étaient tracés ces mots :

« Je jure de rester fidèle à celle qui m'a
donné ce mouchoir, et j'autorise toute femme à
laquelle j'aurai dit que je l'aime, à ne voir en
moi qu'un traître et qu'un menteur.

« *Signé:* Diomède. »

Léonide tressaillit en lisant ces lignes, et sentit s'envoler toutes ses illusions. Elle n'osait lever les yeux sur Diomède, ne pouvant se résigner à considérer comme faux les serments qu'il lui avait faits. Elle fit en vain appel à toute son énergie et se trouva mal.

Quand elle fut sortie de son évanouissement, Diomède la prenant par la main lui dit :

— Misérable, qu'as-tu-fait ? Tu as du même coup tué l'amour que j'avais pour toi et réveillé cet autre amour qui dormait dans ce coffre. Mais pourquoi cette fatale idée est-elle passée par ta tête ?

— Je l'ai eue parce que je t'aime. Tu as donc oublié qu'en me donnant à toi, je t'ai dit que je tombais pure dans tes bras ? Comme je te voulais sans partage, dès que j'ai su que tu soupirais en secret pour une autre, morte ou absente, la jalousie m'a mordu au cœur, j'ai voulu connaître le mystère de ta vie, dût cette expérience mettre fin à nos amours !

— Mais pourquoi as-tu autant tardé à vouloir connaître ce que je voulais te cacher ?

— Parce que j'ignorais ce secret, et que je ne l'ai connu que ce matin par cette lettre.

Diomède prit connaissance de la lettre, et avant d'arriver à la fin, devina sans hésiter que la comtesse de Roskoff l'avait écrite pour se venger.

Léonide s'approchant de lui et passant ses bras autour de son cou, le supplia de lui dire le nom de sa rivale.

Diomède lui fit un aveu complet.

— Etait-elle plus jolie que moi?

— Non, dit Diomède.

Cela dit, ils se séparèrent.

Le lendemain, une dame vêtue d'une toilette claire vint frapper à l'hôtel de l'avenue Gabriel et demanda à voir M. le comte Diomède.

Elle fut introduite dans le salon par Marjolaine, et là se trouva en face d'une jeune femme très-pâle portant des habits de deuil.

La dame en toilette claire était M<sup>me</sup> la comtesse Palmyre de Langeais, veuve depuis onze mois, et qui, son deuil fini et sa liberté reconquise, avait pensé que sans méconnaitre en rien les convenances, elle pouvait venir trouver Diomède.

La dame en noir était Léonide pleurant son amoureux.

— Je voudrais parler à M. le comte Diomède, dit M<sup>me</sup> de Langeais.

— M. le comte Diomède, répondit Léonide, est parti ce matin pour l'Amérique.

La robe claire salua la robe noire, et se retira.

## TROISIÈME PARTIE

Diomède s'en allait en Amérique après avoir
mis ordre à ses affaires et chargé son vieux Sertorius d'exécuter ses volontés. Il avait fait promettre à Léonide d'occuper son hôtel et, pour
la mettre à même d'entretenir cette demeure, il chargeait son banquier de lui compter cinq mille francs par mois. Il lui laissait
ses équipages, ses cochers, ses femmes de
chambre et Jansénius comme majordome. Sertorius était aussi chargé de compter soixante mille
francs à Arabelle pour payer le fonds de modiste
qu'elle avait acheté en disant adieu à l'Opéra.

Quant à lui, il partait escorté de Brimborion
et de Zamor, habitués à le servir. Son départ
précipité avait une cause que son esprit percevait
très-clairement, mais sur laquelle il ne voulait
point réfléchir. Il lui semblait, tout sceptique
qu'on pourrait le croire, qu'en consentant à livrer
son secret à Léonide, il s'était conduit lâchement.
Comme châtiment, il quittait sa demeure, bien

décidé à n'y rentrer que quand il aurait suffi-
samment expié sa faute. S'il eût agi avec moins
de précipitation, peut-être aurait-il pris une autre
détermination; mais il était de cet avis qu'il y a
des instants dans la vie où la meilleure réflexion
est celle qui conseille de ne point réfléchir.

Ces tourments de l'amour lui donnèrent l'énergie de prendre une résolution à laquelle il avait
songé depuis longtemps. Il était las de sa façon
de vivre et il se la reprochait souvent. Il pensait
avec raison qu'il y avait à faire un plus noble
usage de son temps, de sa fortune et de son intelligence. Il n'était pas de ceux que les lauriers
de don Juan pouvaient empêcher de dormir. A
Paris, cette réforme radicale de sa vie eût été
impossible; mais en Amérique, avec l'Océan
placé entre sa raison et ses faiblesses, il était sûr
de se régénérer. Ce n'était point, d'ailleurs, un
éternel adieu qu'il disait aux frivolités de ce bas
monde.

Il partait la conscience tranquille, et sachant
qu'en s'éloignant, il ne laissait personne dans
l'embarras. Léonide était riche, Arabelle modiste, et la comtesse Palmyre, millionnaire.
Sertorius lui-même avait été pourvu de tout
ce qu'il fallait pour offrir des instruments

aux observatoires et faciliter les missions qu'il aurait jugées utiles.

Quant à lui, il avait comme une indigestion de l'Europe, et il comptait sur l'Amérique pour la guérir. Pendant les premiers jours de la traversée, il fut bien encore assailli par les soucis qui l'engageaient à s'éloigner; mais, en débarquant à New-York, il avait recouvré toute sa sérénité, et n'entrevoyait plus déjà qu'à travers un nuage ses petites contrariétés.

Bien qu'ayant lu les nombreux volumes écrits sur l'Amérique, il n'était point parvenu à se faire une idée précise de ce nouveau monde. Il l'abordait avec une prévention très-grande, et prédisposé à le juger sévèrement.

La vue de New-York ne lui causa aucune surprise. On parlait anglais comme à Londres, on brassait des affaires comme dans la Cité et dans les docks, et le dimanche, la vie s'arrêtait. Les Américains lisaient la Bible, plongés dans une attitude qui ressemblait bien plus à de l'ennui qu'à du recueillement. Il devina tout de suite qu'il ne pourrait vivre dans cette grande ville dépourvue d'imagination, à ce point de ne savoir même pas donner des noms à ses rues. Il habitait l'avenue n° 34. Il eût en vain cherché des

appellations originales, comme la rue de la Truan-
derie ou celle des Francs-Bourgeois. Il entra dans
les théâtres et il n'y put rester, par la raison
qu'on lui offrait partout, comme des nouveautés,
des vieilles pièces françaises rafistolées et défigu-
rées par cette opération qu'on leur fait endurer
et qu'on appelle l'*adaptation*. Les décors étaient
d'un faux luxe criard, éclairés par une lumière
de diorama et de lanterne magique qui fatiguait
les yeux. Quant à la cuisine, elle était détestable
et d'une fadeur que les indigènes corrigeaient à
l'aide d'une addition exagérée de sel et de poivre.

Il eut la curiosité d'assister à une séance du
Congrès. Il ne fut pas du tout édifié. Cynéas, introduit dans le sénat romain, prétendait avoir vu
une assemblée de dieux. Diomède, moins heureux, n'eut pas cette surprise. Les représentants
de la grande République des États-Unis le scan-
dalisèrent un peu par leur tenue. Les uns con-
servaient leur chapeau; les autres, affaissés sur
leurs siéges, avaient les pieds plus hauts que la
tête.

Dans un accès de dépit, il quitta New-York et
résolut de s'en aller tout de suite à San-Francisco. Dans ses voyages à travers l'Espagne, l'Italie,
la Grèce et la Palestine, il s'était arrêté à chaque

instant pour évoquer les souvenirs du passé et
contempler les merveilles qui le faisaient passer
de surprise en surprise. Les églises de Bur-
gos et de Séville, les monuments de Tolède
et de Grenade l'avaient rendu rêveur. Il en avait
été de même en Italie, en Grèce et en Palestine.
Les restes du Parthénon, le tombeau du Christ
avaient vivement frappé son imagination. Il était
resté des mois entiers à Venise, sur la place
Saint-Marc et dans les musées. Mais, comparée à
ces pays attrayants, l'Amérique, malgré ses villes,
ses chemins de fer, ses bateaux à vapeur et ses
usines, n'était pour lui qu'un pays sans prestige,
et ne possédait d'autre mérite que son étendue.
Un voyageur intelligent devait la parcourir et ne
s'arrêter, de préférence, qu'aux endroits dont la
civilisation ne s'était point encore emparée. Des
sauvages ! voilà ce qu'il demandait et ce qu'il eût
préféré à tous ces Européens falsifiés qui fourmil-
laient autour de lui.

Il se rendit à la gare du chemin de fer du
Grand-Pacifique, accompagné de Zamor et de
Brimborion, heureux tous deux de retrouver des
noirs.

En France, nous considérons comme un voyage
le trajet en chemin de fer de Paris à Nice. Ce

n'est là qu'une petite promenade. Le chemin de New-York à San Francisco égale en longueur presque le quart de la circonférence de la terre. Il faut huit jours et huit nuits pour traverser ce vaste continent, arrosé d'un côté par l'Océan-Atlantique, et de l'autre par l'Océan-Pacifique. Comme il serait impossible à des voyageurs de rester si longtemps pressés les uns contre les autres, phénomène qui se produisait pourtant en France il y a cinquante ans, alors que la diligence mettait huit jours pour aller de Paris à Marseille, on a dû songer à adoucir ce supplice. Les Américains ont réussi, et sont parvenus à rendre cette traversée commode et confortable. Les wagons communiquent les uns avec les autres, et sont plus larges et plus élevés que les nôtres. En payant, on a sa chambre avec un lit complet. Il y a un salon de lecture dans lequel on fait le soir de la musique. On peut manger dans le train et prendre des bains. Afin qu'on ne soit point, comme au milieu des mers, séparé de ses semblables, à chaque station importante on distribue aux voyageurs des dépêches télégraphiques résumant tout ce qui a pu se produire d'extraordinaire dans les quatre parties du monde.

On rencontre vingt grandes villes, Philadelphie, Pittburg, Cincinnati, Saint-Louis, Kansascity, Topeka et Dover. A Cheyenne, on s'engage dans les Montagnes Rocheuses, au milieu desquelles se trouvent les stations de Bitter Creek, Bryan, Ogden, Kelton, Elko et Battle Mount. Ces stations isolées sont flanquées de forts occupés par des soldats, chargés de protéger les trains, et de donner la chasse à messieurs les Indiens, auxquels pourrait prendre la fantaisie de venir les attaquer, les uns avec des fusils, les autres avec des flèches plus ou moins empoisonnées. Il en est parmi ces Indiens qui portent encore le costume de Chactas et qui sont parfois accompagnés d'Atalas peu appétissantes, qui inspireraient de l'horreur à l'ombre de Chateaubriand.

A la vue de ces montagnes, Diomède se réveilla du demi-sommeil dans lequel il était plongé. Pendant les deux jours et les deux nuits que dure la traversée de ces gorges, il se tint debout.

Ce chemin, frayé par la volonté humaine à travers ces rochers, pour y faire passer la civilisation, lui remit en mémoire ces vieux romans de chevalerie, dans lesquels on représente des paladins tranchant des montagnes d'un coup de

23.

leur lourde épée. Avec plus de succès que les paladins compagnons de Charlemagne, les ingé- génieurs s'étaient battus contre ces rochers. La lutte avait été lente et dure ; mais, à la fin, ils avaient triomphé de ces géants de granit, qui semblaient montrer avec orgueil leurs débris balafrés à coup de pioche et à coup de mine, comme pour prouver qu'il avait fallu, pour les vaincre, s'être servi du fer et du feu. Il ne se lassait pas de regarder ces sites sauvages et dé- serts, que la création n'avait pas voulu tirer du chaos. Il regretta beaucoup d'arriver à la station de Battle Mount, dans la Sierra Nevada, point de la ligne où le chemin de fer sort des Montagnes Rocheuses. Il projeta de revenir plus tard, pour explorer ces montagnes et gravir des pics sur lesquels aucun homme n'avait encore posé son pied.

Il vit défiler devant lui comme stations impor- tantes, Trukee, Sacramento, Stockton, Auckland, puis arriva à San Francisco. En passant à Sacra- mento, il jeta les yeux sur les dépêches télégra- phiques arrivées d'Europe. L'une, de Paris, annonçait que la Banque de France, par suite de la rareté du numéraire, avait élevé son escompte à 10 pour 100, ce qui portait un préjudice grave au commerce et à l'industrie ; l'autre, d'Athènes, apprenait que dans une excursion, le roi de Grèce avait fait une chute de cheval, et était tombé dans le fleuve Alphée.

Il alla s'installer dans le meilleur hôtel de San Francisco, décidé à passer quelque temps dans cette ville, si les Américains y étaient plus originaux qu'à New-York. Il visita la ville, qui n'avait à ses yeux rien d'extraordinaire. Il n'était pas possible de prendre le moindre intérêt à ces constructions lourdes, qui ressemblaient à une agglomération d'usines et de casernes.

Il remarqua que, parmi les habitants, il s'en trouvait qui affichaient un certain luxe. Il vit passer de beaux équipages, et sur les promenades il rencontra quelques jolies femmes, fières d'être habillées par des couturières de Paris. Quant aux théâtres, ils étaient inférieurs à ceux de New-York. Il vit briller en vedette sur les affiches les noms de quelques petites doublures du café de l'Eldorado et du théâtre des Folies-Dramatiques, qui se présentaient comme des premiers sujets. C'était là une supercherie bien innocente et permise à des petites malheureuses, courageuses à ce point d'être venues jusqu'au rivage de l'Océan-Pacifique.

Le guide qui le conduisait le fit entrer un soir dans une maison de jeu. *La roulette* et *le trente et quarante* fonctionnaient. En Amérique, le jeu est libre. Les législateurs de ces régions ne se reconnaissent pas le droit de faire la guerre à une passion vieille comme le monde, et sont de cet avis que le moyen le plus sûr d'en éviter les ravages est de la laisser tranquille et de ne la point transformer en fruit défendu. Diomède risqua quelques livres sterling et gagna vingt mille francs en un quart d'heure. Il remarqua que la banque acceptait comme *mises* des lingots d'or, des perles, des saphirs et des diamants non taillés apportés par de pauvres diables qui étaient allés les ramasser au fond de ravins inexplorés.

Quelques jours après son arrivée, il vit la ville très-agitée. La foule se portait vers un même point, comme pour assister à un spectacle curieux. Il demanda la cause de ce mouvement. Le maître de l'hôtel lui présenta le *Courrier de San Francisco*, dans lequel il lut ce qui suit :

« Le R. P. Samuel a l'honneur de prévenir les habitants de la ville qu'il prêchera demain dans *Union Parck.* »

C'était pour entendre ce nouveau pasteur que

la foule se dirigeait vers l'endroit où il lui avait donné rendez-vous.

Aux Etats-Unis, où les protestants sont en majorité, il y a des pasteurs dans toutes les villes. Les uns sont très-aimés, parce qu'ils sont bons, éloquents, charitables. Mais ces qualités ne les mettent pas toujours à l'abri de la concurrence que viennent, de temps en temps, leur faire des pasteurs nomades allant de ville en ville pour y déballer leur morale et leur théologie, absolument comme chez nous, en France, des marchands viennent déballer leurs articles. Ces pasteurs espèrent, en se montrant plus libéraux que leurs collègues, se faire accepter et s'emparer ainsi de leur clientèle. Quand il en est ainsi, l'orateur nomade s'arrête, s'installe dans la ville et y reste tant qu'il jouit de la faveur populaire. Le protestantisme, étant fondé sur le libre examen, permet à tout le monde d'interpréter à sa façon les versets de la Bible, ce qui a fait dire si justement à Voltaire, que :

Tout protestant est pape, une Bible à la main.

Or, le R. P. Samuel comptait sur l'originalité de ses vues, sur les souplesses de son orthodoxie

pour séduire les habitants de San Francisco. Il
développa une thèse consistant à faire comprendre à son auditoire que la Bible étant remplie
d'images et de paraboles, il fallait en demander
le sens non à la lettre, mais à l'esprit. Comme
lui-même trouvait cette exhortation un peu vague
et un peu banale, il voulut sortir des généralités
et préciser ce qu'il avançait. Alors on le vit citer
ce verset de la *Genèse*, qui dit à la femme chassée du paradis : *Tu enfanteras avec douleur.*

Diomède, qui écoutait, frémit en voyant le pasteur aborder ce point délicat. Mais le R. P. Samuel,
sans se troubler, rappela que, depuis l'invention
du chloroforme, la femme pouvant mettre au
monde un enfant, sans ressentir aucune douleur, il devenait fort difficile d'expliquer ce verset de la *Genèse*.

A ces mots, l'assemblée devint houleuse et se
partagea en deux camps. Les uns applaudissaient,
les autres protestaient.

Le soir, Diomède, qui habitait le même hôtel
que le prédicateur, comprit qu'il n'avait pas
réussi, car le R. P. Samuel avait demandé sa
note et se préparait à partir pour Chicago.

Servi par son activité et sa vivacité d'esprit,
Diomède, au bout de quinze jours, connaissait

tout ce qu'un passant pouvait connaître. Il ne
lui restait plus qu'à se faire présenter dans les
salons des gens considérables de la ville. Il lui
suffisait pour cela d'aller porter à sir Becquet,
banquier, les lettres par lesquelles on le lui recom-
mandait. Ce banquier le reçut dans son cabinet
de travail, auquel il ne put arriver qu'après avoir
traversé de longs bureaux occupés par un grand
nombre de commis. Sir Becquet lui fit un accueil
des plus courtois, et le pria de lui faire l'honneur de considérer sa maison comme la sienne.
Il lui proposa en même temps, puisqu'il devait
prolonger quelque temps son séjour à San Francisco, de le présenter aux familles les plus hono-
rables de la ville. Le lendemain, les invitations
pleuvaient, et Diomède ne savait à qui répondre.

Il se rendit d'abord chez son banquier, qui lui
fit faire connaissance avec sa femme, avec ses
quatre filles superbes de jeunesse et de beauté,
et avec ses huit nièces qui n'étaient pas moins
charmantes. Il y avait un grand luxe dans cette
maison. Mais Diomède reconnut aussitôt une
parodie du luxe parisien. On lui servit un dîner
qu'on aurait pu croire sorti des cuisines de Potel
et Chabot. Au dessert, les dames et les demoiselles passèrent dans le salon, et les messieurs

allumèrent des cigares, en buvant après du café,
du vin de Bordeaux par petites gorgées. Cela fait,
ils retrouvèrent les dames et les demoiselles, portant toutes des toilettes confectionnées à Paris
chez les meilleures faiseuses. Les demoiselles se
mirent au piano et jouèrent le quadrille de *Paul
et Virginie*, puis la valse du *Danube bleu*. Les
autres demoiselles, restées dans un coin du salon,
*flirtaient* sous les yeux de leurs mères avec de
beaux messieurs. Cette tolérance, acceptée en
Amérique et qui n'a jamais eu de conséquence
fâcheuse, révolterait sûrement les matrones françaises et serait considérée comme une inconve-
nance. Quand il se retira, un grave Américain,
qui assistait à la soirée, vint, escorté de sa
femme et de ses trois grandes filles, lui rappeler
qu'on comptait sur lui pour venir dîner le lendemain. Diomède accepta et prit congé de la maîtresse de la maison. M. Becquet alluma un cigare
et voulut le reconduire jusqu'à son hôtel.

A San-Francisco comme à Londres et à New-
York, le dimanche est lugubre. La vie s'arrête,
les affaires sont suspendues et les magasins sont
fermés. Les protestants lisent la Bible, restent
muets et regardent la corniche du plafond, mais
à côté de la population protestante, il y a les Ir-

landais qui sont catholiques. Ils vont à la messe,
et après leurs dévotions faites, ils se réunissent
par groupes. Ils sont en habit, et en cravate
blanche. Alors, on les voit extraire de leurs
étuis, des accordéons et des harmonicas, et
jouer pendant quatre ou cinq heures consécuti-
ves de ces déplorables instruments. Les chiens
habitués à cette épouvantable musique ne crient
pas. Diomède en l'entendant pour la première
fois ne put la supporter, et pour l'éviter s'en alla
à la gare, préférant entendre siffler les locomo-
tives. L'Europe, dit la statistique, exporte chaque année en Amérique trente-huit à quarante
mille accordéons et harmonicas fabriqués à Paris
et en Allemagne, près de Manheim.

Diomède obtint bien vite les plus grands succès dans la société de San-Francisco. Les jeunes
Américaines se montraient pour lui fort préve-
nantes et fort empressées. Elles étaient unanimes
à reconnaître que nul autre ne savait aussi bien
*flirter* que lui. Il les intéressait beaucoup par
les détails qu'il leur donnait sur la civilisation
française. Il avait dans sa façon de parler une
légèreté et un brio que ne connaissent point
encore les Américains. Dès qu'il entrait dans un
salon, ces petites curieuses se groupaient tout de

24

suite autour de lui, et le priaient de vouloir bien reprendre ses histoires de la veille. Elles se montraient furieuses lorsque Diomède s'éloignait pour causer de choses plus sérieuses avec leurs grands parents. C'était à croire qu'elles étaient toutes follement amoureuses.

M. Becquet lui ayant demandé ce qu'il pensait des théâtres de la ville, Diomède lui répondit qu'il les trouvait fort médiocres.

— Vous n'êtes sans doute point allé voir *Le bourgeois ambitieux* au théâtre de Minerve?

— Non, dit Diomède.

— Nous irons ensemble, et je suis certain que vous serez satisfait.

Ce projet fut tout de suite mis à exécution, et, le lendemain Diomède accompagné de M. Becquet, et de trois ou quatre banquiers armateurs, s'en allait au théâtre de Minerve.

M. Becquet lui expliqua que la comédie du *Bourgeois ambitieux* devait son grand succès aux allusions fines qu'elle renfermait, et à la critique sévère qu'elle adressait aux ridicules de tous les vaniteux de la ville. Il applaudissait beaucoup pour sa part aux plaisanteries dirigées contre quelques-uns de ses concitoyens, qui parce qu'ils étaient riches, songeaient à se faire passer

pour nobles, prétendaient imiter les grands seigneurs et poussaient l'audace jusqu'à substituer
des armoiries à leurs marques de fabrique. Cette
explication permit à Diomède de comprendre
l'origine des blasons étranges et non prévus par
D'Hozier, qu'il avait découverts sur les panneaux
de certains équipages.

Dès la première scène il reconnut que la pièce
jouée sous le titre du *Bourgeois ambitieux*, était
le *Bourgeois gentilhomme* de Molière défigurée
par une foule d'accessoires tous plus intempes-
tifs les uns que les autres. Cette mutilation l'at-
trista d'abord, puis parvint ensuite à le faire rire
tant elle avait été poussée loin. Un lourdaud, incapable de comprendre Molière, s'était avisé d'ac-
crocher à son œuvre les plus incroyables variantes.
Son hilarité ne put se contenir lorsqu'arriva *la
cérémonie* dans laquelle un impudent impre-
sario avait voulu utiliser ses accessoires et tous
les sujets de sa troupe. Il y avait ajouté des clowns,
des chiens savants et des ours. Quatre clowns
bondissants et disloqués jouaient éperdument
sur leurs violons l'air du *Carnaval de Venise*. A
un moment donné, ces quatre clowns ayant pour
piédestal un ours tournant la manivelle d'une
vielle, montaient les uns sur les autres, et après

force grimaces, appelaient une Colombine munie
d'une paire d'ailes qui les escaladait, posait
son pied sur la tête du plus élevé, et exécutait
ainsi un petit air dans une trompette. Ce diver-
tissement sauvage, épileptique et fou ravissait les
Américains qui le faisaient bisser. Quand la toile
tombait, ils ne manquaient point de redemander
en chœur la même pièce pour le lendemain. Colombine était toujours rappelée et acclamée par
les habitants de la ville, auxquels se joignaient
les matelots chinois, japonais, australiens appartenant aux navires amarrés dans le port.

Diomède possédait la faculté merveilleuse de
pouvoir s'abstraire, c'est-à-dire d'empêcher son
esprit de le reporter, par la pensée, vers les aventures qu'il voulait oublier. Il avait laissé en Europe des êtres qu'il aimait et qui l'avaient tour-
menté, par cette raison même qu'il les aimait.
Sans les oublier pour cela il ne voulait point,
quant à présent, songer à eux, étant bien sûr de
les retrouver quand il le voudrait. Par une de
ces bizarreries qu'il serait difficile d'expliquer,
il ne rêvait plus à de nouvelles aventures et mé-
ditait, au contraire, de se consacrer tout entier
à des choses sérieuses. Venu en Amérique, il
voulait utiliser son séjour, et lui qui, jusqu'alors,

avait toujours jeté son argent par la fenêtre, était désireux de s'enrichir et de remplir ses caisses. Il était dans cette disposition d'esprit, lorsqu'un matin il s'en alla trouver M. Becquet dans son cabinet.

M. Becquet lui fit connaître que la crise signalée à Paris et par suite de laquelle l'escompte de la Banque était à dix pour cent, se faisait sentir jusqu'aux États-Unis. Selon lui, il importait, pour conjurer ce danger, de pousser avec plus d'activité l'exploitation des mines d'or et d'argent qui se trouvaient dans les provinces entourant San-Francisco. Diomède le pria de vouloir bien l'associer à l'exploitation d'une de ces mines, et de faire les démarches nécessaires pour lui permettre de réaliser son projet. Il lui déclara qu'il pouvait disposer d'un million pour cette opération. M. Becquet se mit tout de suite à l'œuvre et lui demanda six mois pour accomplir toutes les formalités, recueillir des renseignements, et lui assurer des garanties.

Diomède profita du temps qui lui restait pour retourner voir les Montagnes Rocheuses. Il partit, accompagné de Zamor et de Brimborion. Il devait trouver à Battle-Mount, dans la Sierra-Nevada, des guides très-sûrs pour le diriger dans son expédition.

24.

Avec une ténacité qui eût fait honneur à ces hardis pionniers qui s'aventurent à présent au milieu des régions les plus dangereuses, ce Parisien délicat, ce dilettante aussi exigeant qu'un sybarite, eut la patience et le courage d'explorer, dans tous ses replis, la chaîne des Montagnes Rocheuses, voulant tout voir, fatiguant ses guides, et supportant avec une résignation constante les plus grandes privations.

Lui qui avait gravi le mont Blanc, le mont Athos et la chaîne du Liban, fut émerveillé en face de ces montagnes tourmentées et tortueuses, qu'on dirait sorties d'hier des volcans qui les ont formées. Il voulut visiter le pic de *Table-Roch*, qui est élevé de neuf ou dix mille pieds au-dessus du niveau de la mer. Son sommet est couronné d'une couche de neige qui ne fond jamais. Il est aride et ne porte, sur ses flancs, aucune trace de végétation. Diomède campa dans l'anfractuosité d'un rocher et voulut y passer la nuit afin d'assister, le lendemain, au lever du soleil et de contempler les mille pics qu'il dominait, ainsi que les précipices sans fond que son œil pouvait distinguer. Après avoir fort gaiement soupé, il fuma son cigare et s'endormit, entortillé dans ses fourrures. Le lever du soleil fut une déception. Il se crut au Righi, en Suisse. De là, il gagna le *Butlo-Church*, un autre pic un peu moins élevé et tout aussi sauvage, et visita trois ou quatre grottes assez profondes. Un de ses guides lui affirma qu'il était le premier qui entrât dans la plus grande de ces grottes. Mais Diomède, allumant des lampes, explora cette cavité et découvrit à terre des morceaux de verroterie, oubliés sûrement par quelque jeune Indienne qui, loin des regards importuns, avait peut-être, à cette place, trouvé son vainqueur. Au fond de la grotte, il vit ramper un lézard qui s'empressait de rentrer dans son trou.

Diomède resta deux mois dans les montagnes. Fatigué de toujours voir des pics, des ravins et des précipices, il ordonna à ses guides de le conduire vers le grand lac salé, à *Salt-Lake-City*, capitale de l'État des Mormons. En route, il rencontra une caravane de voyageurs qui était en détresse.

Parmi ces voyageurs, se trouvaient deux dames se lamentant d'avoir perdu leur nécessaire de toilette. Il les consola, en leur faisant présent de pains de savon à l'ambre, d'eau de Portugal et d'eau de Lubin, qu'il emprunta à ses réserves. [Diomède ne savait pas voyager sans

biscuit. Il traînait à sa suite deux fourgons chargés
de provisions de toutes sortes.

Il était bien aise de visiter cette colonie des
Mormons, sur laquelle on raconte tant de légendes.
Théophile Gautier, sortant d'un couvent habité
par des moines très-sales, écrivait sur leur album
qu'il ne comprenait pas pourquoi ces braves gens
se réunissaient pour *puer ensemble* en l'honneur
du Dieu qui a créé quatre-vingt dix mille espèces
de fleurs. On pourrait se demander pourquoi, de
leur côté, les Mormons se groupent pour essayer
de créer et de répandre tant de doctrines absurdes
et sans avenir, qui salissent l'esprit autant que la
crasse de ces moines salit le corps. Ils sont partisans
de la polygamie. Leur morale consiste à bannir la
jalousie du *cœur* des femmes et à obtenir que les
épouses diverses et variées d'un même mari en
arrivent à s'aimer et à s'estimer. C'est là une prétention qui porte à supposer qu'ils n'ont nulle no-
tion juste de la nature humaine. Quant aux belles-
mères qu'un époux fort polygame doit collectionner,
leur code n'y a point songé, et a laissé les infortunés gendres à la merci de ces mégères. Diomède rendit visite à un Mormon qui avait vu
mourir ses huit femmes. On l'avait surnommé
Barbe-Bleue. Cet infortuné s'en allait à petit feu,

tué par les coups d'épingle que lui portaient ses huit belles-mères installées dans sa maison. Si, à ce genre de polygamie spéciale, on ajoute quelques autres niaiseries se rapportant à la façon d'entendre et de pratiquer les devoirs ici-bas, on a toute la doctrine des Mormons.

Diomède les aimait, malgré tous leurs travers. Ils étaient pour lui des déclassés d'une espèce particulière, qui ne troublent pas les sociétés régulières comme ces autres déclassés qui persistent à rester parmi les sages et les disciplinés. Ils avaient au moins ce bon sens de s'être établis dans un petit coin très-retiré, où ils pouvaient, tout à leur aise, et sans gêner personne, fonder un état social nouveau et essayer, plus tard, de nous étonner par leurs vertus. Le gouvernement les respectait et les laissait travailler en paix à la construction de leur nouveau paradis, et, pour rien au monde, il n'aurait voulu inquiéter dans leur ruche ces frelons inutiles, destinés à périr victimes de leurs aberrations. Ils font énormément d'enfants et forment une pépinière qui, à un moment donné, contribuera à élever le nombre de la population.

Encore deux ou trois générations, et alors on verra le gouvernement aviser. Il dispersera ces hallucinés et les répartira dans les provinces qui manquent de bras.

Diomède visita leur ville, qui ne renferme aucune curiosité. Il remarqua que les Mormons raffolaient du piano. Après deux ou trois jours passés au milieu de ces gens atteints d'une douce folie, il partit, fuyant pour toujours ce vaste Bicêtre, et souhaitant que quelque philanthrope eût l'idée de fonder un établissement thermal assez vaste pour pouvoir distribuer gratis des douches à toute cette population.

A son retour à San-Francisco, il alla voir l'honnête et loyal M. Becquet, pour savoir où en était leur opération. M. Becquet lui rendit compte de l'affaire et mit à sa disposition les dividendes auxquels il avait droit. La bonne étoile qui protégeait toujours Diomède voulut qu'on eût opéré dans l'État de Nevada sur des terrains contenant beaucoup d'argent. Une mine d'or située dans une autre province avait aussi donné de très-beaux résultats.

M. Becquet lui dit que depuis six mois toutes les mines, sans exception, avaient valu aux explorateurs des produits magnifiques, et que c'était par centaines de millions qu'il fallait compter ce qu'on avait expédié en Europe.

— Mais, ajouta-t-il, malgré ces efforts, la situation ne change pas sur les places de l'ancien monde. Les banques de Paris et de Londres manquent encore de numéraire.

— Pourquoi en est-il ainsi, dit Diomède?

— Parce que les Américains du sud se sont battus avec ceux du nord, et n'ont point cultivé le coton. Or l'Europe, qui consomme par an pour deux milliards de cette marchandise première qu'elle nous payait en grande partie avec ses produits, pouvait réaliser cette opération tout en conservant son numéraire. Depuis la guerre, elle a dû aller acheter ses cotons en Orient, et n'a pu les obtenir qu'avec de l'or et de l'argent, que les peuples de cette partie du monde conservent, enfouissent et ne rendent jamais. Ainsi s'explique cette grande crise.

— Diomède bondit en écoutant cette explication. C'était à croire, tant il se montrait exaspéré, qu'il allait armer des aventuriers et partir à leur tête, pour reprendre aux Orientaux l'argent et l'or qu'ils enlevaient à la circulation. Il se croyait autorisé, au nom de la prospérité sociale, gênée dans son développement, à s'en aller spolier ces barbares stupides et arriérés qui, par entêtement et par bêtise, parvenaient à mettre en question l'existence des peuples placés à la tête de la civilisation et du progrès.

Sa colère s'apaisa.

Il annonça à M. Becquet qu'il se proposait de quitter bientôt l'Amérique. On procéda au règlement des comptes. Diomède avait gagné cinq cent mille francs. Il alla prendre congé de la famille de son associé. Il arriva les mains pleines de cadeaux et de souvenirs pour M<sup>me</sup> Becquet et pour ses filles. Il remercia son hôte de sa courtoise hospitalité, et l'embrassa en lui donnant rendez-vous à Paris.

Il était dans un état d'esprit assez singulier. Ainsi, il avait hâte de quitter l'Amérique, et en même temps aucune attraction ne l'attirait en Europe. Lui, toujours si prompt, si décidé, se sentait sans volonté et comme incapable de prendre une résolution. Il attendit. Le lendemain ce fut la même chose. Alors, irrité de sa propre inertie, il ordonna à Zamor de prendre un des louis qui se trouvaient dans une coupe placée sur la cheminée.

— Si ce louis porte un millésime pair, dit-il à ses deux serviteurs, nous retournerons en Europe par l'Océan-Atlantique. Si le millésime est impair, nous traverserons l'Océan-Pacifique et l'Asie.

Le louis était de 1827 !

— Allons, dit-il à ses petits nègres, partons par l'Océan Pacifique.

— Mais, monsieur, dit Zamor, nous mettrons bien plus de temps pour retourner chez nous ?

— Que t'importe, gamin ?

— Monsieur le comte ignore que Zamor est amoureux de Bergamotte, dit Brimborion, il est impatient de la revoir et de savoir si elle consentira à l'épouser.

— Elle ne veut pas de moi, mon bon maître, dit Zamor en pleurant, parce qu'elle me trouve trop noir et pas assez grand.

— Ne pleure pas. Les femmes sont ici-bas pour nous faire de la peine. Je connais cela, moi ton maître.

Puis, s'approchant de la coupe, Diomède prit une pincée d'or qu'il leur distribua.

— Achète quelque chose, un souvenir. Tu le donneras à ton retour à Bergamotte, et tu adouciras son cœur.

Diomède écrivit ensuite à Sertorius la lettre suivante :

« San Francisco, le

« Mon cher Professeur,

« Pardonnez-moi mon long silence. Pardonnez-

25

« moi aussi de vous avoir laissé ignorer où j'é-
« tais. Je quitte San Francisco. Je m'ennuie en
« Amérique. Mais, au lieu de revenir par l'Atlan-
« tique, je reviens par le Pacifique. Par suite de
« ce changement dans mon itinéraire, vous
« viendrez au-devant de moi, non à la gare de
« l'Ouest, mais à celle de l'Est. Je vous prévien-
« drai par dépêche.

   « Si j'ai toujours mes cheveux, je perds mes
« illusions. Je vieillis, mon cher savant, ce qui
« ne m'empêche pas de vous aimer et de vous
« embrasser.

                              « DIOMÈDE. »


   Après une traversée heureuse, il débarqua à
Yokohama, au Japon. Il espérait trouver des bibelots de prix pour ses étagères. Il apprit que depuis
dix ans des brocanteurs européens ayant fouillé
partout n'avaient rien laissé. Le Japon, comme
l'Italie, avait subi l'invasion des collectionneurs.

   Il quitta le Japon pour aller en Chine et visiter Pékin. Là, il passa quelques jours escorté
par un interprète.

   Poursuivant ses grandes enjambées et comme
chaussé des bottes de sept lieues dont Perrault
parle dans ses contes, il se rendit à Shang-Haï

puis à Singapore. De là il gagna Ceylan, où des musulmans essayèrent de lui vendre, pour des pierres fines, des pierres fausses fabriquées à Paris. Ensuite il arriva à Bombay et visita les tours du Silence habitées par ces milliers de vautours dont l'estomac sert de tombeau aux musulmans. Il passa à Kurrachee, à l'extrémité nord du golfe Persique, toucha à Téhéran, puis traversa toute la Perse en palanquin. Après d'interminables marches, il arriva à Moscou, et à partir de cet instant, il se crut en France. Quand il regardait sur la carte les espaces qu'il avait franchis avec tant de rapidité, il était tenté de se comparer au Juif errant. Cette course vagabonde et folle pendant laquelle il avait vu défiler devant lui tant de panoramas étranges, tant d'horizons divers, produisit un effet salutaire, et parvint à dissiper les nuages qui s'étaient amoncelés sur son front, alors que par suite d'un coup de tête, il avait quitté l'Europe.

Six jours après, il arrivait à Paris et trouvait à la gare de l'Est son maître Sertorius qu'il avait prévenu par dépêche.

Sertorius était ému et content.

Ils montèrent en voiture et se rendirent à l'hôtel de l'avenue Gabriel.

Tout le monde était sur pied. Jansénius, Marjolaine, Bergamotte et ses autres serviteurs l'entourèrent et se réjouirent de son retour.

Zamor et Brimborion prirent aussi part à la joie générale.

Diomède dîna avec Sertorius.

A la fin du repas, Sertorius lui dit :

— Expliquez-moi donc pourquoi vous avez entrepris ce grand voyage sans crier garo. Dans l'incertitude et le vague où vous m'avez laissé, j'ai cru un instant que vous aviez perdu la raison. On peut aller à Londres ou à Rome sans dire où l'on va. Mais on n'entreprend pas le tour du monde sans prévenir ses amis.

— Vous voulez une confession complète, eh bien, je vais vous la faire.

La façon dont j'ai vécu jusqu'à présent a pu vous donner à penser que j'étais un homme de plaisir, un pur libertin, comme on disait au dix-huitième siècle. Il n'en est rien, et je suis le premier à regretter qu'il n'en soit point ainsi. Sous les dehors d'un viveur, je cachais un amoureux. Tant que j'ai pu rester libertin, et ne point m'attacher à ces petites créatures que vous avez vues défiler les unes après les autres, la vie a été supportable. Mais elle cessa de l'être le jour où le

hasard me plaça en face d'une charmeuse, d'une
magicienne qui aurait fait de moi tout ce qu'elle
aurait voulu. Pour échapper à sa domination, je
n'avais qu'un parti à prendre, la fuir et me sauver jusqu'au bout du monde. Or, comme le
monde est rond et n'a point de bout, voilà pourquoi j'en ai fait le tour.

— Je ne comprends rien, reprit Sertorius, à
ces orages du cœur et de l'esprit, et ce n'est
point à mon âge qu'on peut apprendre ces
choses-là. J'espère que vous revenez guéri.

— Convalescent plutôt, mon cher maître. Mais,
dites-moi, que s'est-il passé en mon absence?
qu'est devenue Léonide?

— Cette demoiselle, vous croyant à jamais
parti, a quitté votre hôtel et est retournée jouer
la comédie, je ne sais pas trop sur quelle scène.
Mais il vous sera facile de la retrouver, si vous
tenez à la revoir.

— Et pourquoi a-t-elle été demeurer ailleurs?

— C'est là un point délicat à aborder. Le jour
de votre départ, une dame, la comtesse de Langeais, s'est présentée ici et a demandé à vous
voir. M$^{lle}$ Léonide lui a dit que vous étiez parti
pour l'Amérique. Alors M$^{lle}$ Léonide est venue
chez moi pour m'annoncer cette visite inatten-

25.

due. Elle voulait que je vous envoyasse une dépêche pour vous en informer. Comme j'ignorais l'endroit où vous étiez, cela ne me fut point possible. M^{lle} Léonide se mit alors à fondre en larmes, et me dit qu'elle ne pouvait rester un jour de plus dans votre hôtel. Elle est partie, et je ne l'ai pas vue depuis.

— Et que venait faire ici M^{me} la comtesse de Langeais?

— Elle venait vous voir pour vous informer qu'elle était veuve et libre.

A ces mots, Diomède tressaillit, puis aussitôt se calma et appela Jansénius.

— La comtesse de Langeais est venue ici?

— Oui, monsieur le comte. Elle est venue le jour où vous êtes parti pour l'Amérique.

— Elle n'est pas revenue depuis?

— Non, monsieur le comte, mais elle m'a prié de la prévenir de votre retour.

— Tu n'en feras rien sans un ordre formel. Où demeure-t-elle?

— A la maison de la retraite de la rue Saint-Dominique.

— C'est bien. Laisse-moi.

Alors, se retournant vers Sertorius, Diomède lui dit :

— Mon cher professeur, j'aurai besoin de vous bientôt pour une mission délicate.

— Je suis tout à vous, à la condition qu'il ne s'agira point d'affaires de femmes, car je n'y entends rien et je craindrais de commettre des sottises.

— Je vous préviens que je veux vous garder chez moi. Le premier étage de mon hôtel est à votre disposition. Vous y serez chez vous, et aussi libre que pendant mon voyage. C'est un service que je vous demande. Il me faut à présent un esprit sérieux, avec lequel je puisse échanger des idées. Je n'entends plus à l'avenir perdre mon temps à écouter les petites diseuses de rien qui pourraient venir ici. Depuis que j'ai fait le tour du monde, je suis devenu grave.

— En êtes-vous bien sûr? dit Sertorius.

— Vous verrez, reprit Diomède.

Le lendemain, Léonide était auprès de Diomède.

Elle était un peu honteuse des aveux qu'elle avait à lui faire et ne savait comment se justifier. Il vint généreusement à son secours et lui dit en riant :

— Tu m'as trompé. Je n'ai que ce que je mérite. C'était à moi à ne pas m'éloigner, ou à placer près de toi des dragons pour garder le jar-

din des Hespérides. Quand on est jolie comme
toi, et exposée sans cesse à la tentation, on doit
succomber, c'est fatal. Mais qu'importe, comme
casuiste, je te déclare impeccable et je défie le
diable lui-même de pouvoir te maculer de sa
griffe. Je t'ai appelée, tu es venue; je ne te
demande pas d'où tu viens, ni ce que tu as
fait. Tu es rentrée au théâtre, je te prie de le
quitter.

— Tout de suite, si tu le veux.

— Alors nous pouvons nous entendre. Mais,
dis-moi, le jour où j'ai quitté la France, une
dame est venue me demander.

— Oui, c'était Elle !!!

— Et pourquoi as-tu quitté mon hôtel?

— Parce qu'il m'a semblé d'après son attitude qu'elle venait rappeler des promesses et
revendiquer des droits.

— Comment l'as-tu trouvée?

— Jolie, mais très-fatiguée, très-souffrante.
Il était facile de deviner qu'elle avait beaucoup
pleuré.

— Je suis fixé et voilà ce que, pour l'instant,
il m'importait de savoir. Je te quitte, j'ai à causer
avec mon ami Sertorius.

— Il alla le retrouver dans son cabinet.

— Eh bien, où est donc votre sagesse, mon cher ami? Vous m'avez dit hier que vous n'aviez entrepris le tour du monde que pour échapper à l'ascendant de M^{lle} Léonide. A peine arrivé, que faites-vous? vous la rappelez. Décidément, vous n'êtes pas guéri.

— Mon cher Sertorius, tout savant que vous êtes, vous ne comprenez rien à ces contradictions du cœur. Avant mon voyage, Léonide eût fait de moi tout ce qu'elle eût voulu, elle me dominait; mais à présent, c'est moi qui la domine et je pourrais, si cela me plaisait, en faire mon esclave. Autrefois, elle savait bien que je ne pouvais me passer d'elle. A présent, elle comprend qu'il n'en est plus ainsi. Mais je n'ai encore aplani que la moitié des difficultés qui m'empiégent, et pour conjurer l'autre moitié, j'ai besoin de votre aide. La comtesse de Langeais n'est autre que la jeune fille pour laquelle j'avais conçu une si violente passion dans ma première jeunesse. Elle est devenue veuve et libre, et quelque pressentiment me dit qu'elle se berce de l'espoir de me prendre pour second mari. Elle est venue frapper à ma porte, et je suis sûr qu'elle serait déjà revenue si elle me savait de retour. Je désire vous envoyer en ambassadeur auprès d'elle, pour lui dire que je l'ai beaucoup pleurée, que je compatis toujours à son chagrin, mais que jamais je ne consentirai à en faire ma femme. Je n'ai pas, je crois, d'autre parti à prendre. Allez vers elle, mon cher professeur, rendez-moi ce nouveau service, et dites-lui surtout que je ne veux point la revoir. J'ai là, présente à l'esprit, sa splendeur de jeune fille, et je ne veux pas échanger ce souvenir contre une désolante réalité.

Le brave Sertorius se rendit au couvent de la retraite et demanda M^me la comtesse de Langeais. Il vit paraître une jeune femme blonde et pâle. Après s'être respectueusement incliné, il lui fit connaître l'objet de sa visite. Il parvint à formuler doucement les aveux cruels qu'il avait à lui faire. La comtesse l'écouta en baissant les yeux avec l'humilité d'une victime qu'on s'apprête à conduire au supplice. De grosses larmes tombèrent de ses yeux. Elle se mit à genoux et au milieu d'un sanglot qui eût touché le cœur d'une tigresse d'Hyrcanie, elle s'écria :

— Allez dire au comte Diomède que je l'aimerai toujours, et que la volonté de Dieu soit faite !

Diomède, plus fastueux que jamais, reparut dans le monde. Partout on le questionnait sur sa dispa-

rition. Il invoqua mille prétextes pour la justifier.
Ce ne fut qu'à M^{me} de Saint-Pax, son amie
dévouée, qu'il dit la vérité.

Léonide resta longtemps en faveur.

Sertorius, qui ne le quittait pas, ne tarda point
à remarquer qu'il était miné par un chagrin profond qui tôt ou tard devait triompher de sa nature forte et généreuse. Diomède, pour lui prouver le contraire, avait recours à toutes sortes de
fanfaronnades.

. . . . . . . . . . .

. . . . . . . . . . .

. . . . . . . . . . .

. . . . . . . . . . .

Un matin on remit à Sertorius une lettre de
Diomède, qui avait quitté son hôtel pendant la
nuit. Dans cette lettre, il lui disait que las de la
vie à laquelle il avait demandé tout ce qu'elle
peut donner, il était décidé à aller finir ses jours
à la Grande-Chartreuse, près de Grenoble ; c'est
là qu'il lui donnait rendez-vous.

Sertorius, déplorant ce coup de tête, cette résolution excessive, alla prévenir ses amis, et
prévint également la comtesse de Langeais.

Diomède, accompagné de l'abbé Tiberge qu'il
avait mandé secrètement, partit pour Grenoble.

Là, une voiture devait le conduire à la Grande-Chartreuse. Il se reposa un instant dans un hôtel de la ville. Une dame voilée, qui s'était introduite furtivement, vint le surprendre, et se jeter à ses pieds.

C'était Palmyre qui tentait cet effort désespéré pour disputer au cloître celui qu'elle avait tant aimé. Elle ôta son voile, mais Diomède détourna la tête, et ne voulut point la voir. Il appela l'abbé à son secours.

Le soir même, il entrait à la Grande-Chartreuse, reçu à son arrivée par Dom Joseph, le supérieur, auquel il dit :

— J'ai péché, j'ai beaucoup péché !

Dom Joseph l'interrompit et lui dit :

— Saint Augustin et Loyola avaient aussi beaucoup péché. Ils se sont repentis, vous les imiterez. Vous en êtes arrivé à ce commencement de sagesse qui fait prendre en pitié les vanités de ce monde. Dans le jour, vous regarderez une tête de mort, le soir vous contemplerez les étoiles. A votre insu, et sans efforts, les erreurs qui vous ont aveuglé s'envoleront les unes après les autres de votre cerveau, et vous permettront de rentrer en possession de vous-même.

Diomède s'approchant de Dom Joseph, lui parla

bas à l'oreille, et le pria de vouloir bien faire porter une énorme lettre à la poste voisine. Cette lettre contenait un testament par lequel il instituait Sertorius son légataire universel.

Il le chargeait de servir de fortes pensions à tous ses serviteurs. Il léguait son hôtel à M<sup>me</sup> la baronne de Saint-Pax, cinq cent mille francs à l'Institut, cinq cent mille francs et le château de Laxou à Léonide.

— Allons, mon souverain maître, dit-il en s'adressant à Dom Joseph, la nuit tombe, je vais contempler les étoiles. Demain, dès l'aube, je méditerai en face d'une tête de mort. J'étais philosophe, j'ai oublié la philosophie. J'ai brûlé ma bibliothèque et je n'ai conservé que ces deux livres réunis sous une même couverture, la Grammaire pour parler correctement, et l'Évangile pour penser saintement.

FIN

26

www.ingramcontent.com/pod-product-compliance
Lightning Source LLC
Chambersburg PA
CBHW072118020726
47501CB00003B/872